Ano Zero

Nina Amaral & Fernando Antonietti

"ANO ZERO" é uma composição original e fictícia. Qualquer semelhança com a realidade, por mais impossível que seja, é mera coincidência.

Este livro é dedicado à memória de Max, uma inspiração que fez parte integral desta história, trouxe muitos momentos de alegria e sempre foi um companheiro fiel.

Texto original de Nina Vargas do Amaral Bueno.

Edição por FERNANDO ANTONIETTI

Revisão por NINA AMARAL

ÍNDICE

PRÓLOGO

Escuridão era tudo que o cercava. Sentia uma pressão em seus membros imóveis que não conseguia identificar. Fazia parte de algo maior que desconhecia. As veias começaram a formigar, impulsos elétricos que ele não controlava gerando espasmos musculares incômodos.

No início, escutava sons abafados, sentindo um zunido desagradável viajar até seus sensores por instrumentos que ele achava que se chamavam tímpanos, mas não tinha certeza. Não tinha certeza de mais nada. Não sabia de mais nada. Tudo que tinha certeza era de que ele era. Ele existia.

Enquanto a pressão continuava em intervalos irregulares sobre ele, descobriu que tinha olhos e que, ao abri-los, a escuridão desaparecia. A princípio, sentiu a dor lhe queimar esses olhos novos, mas, aos poucos, os vultos e sombras tomaram forma e ele registrou que, ao seu redor, havia movimento. Havia outros.

Descobrindo a própria forma, tentou comandar seus braços a se moverem e sentiu uma satisfação indescritível ao descobrir que podia controla-los. Mais do que isso, conseguia controlar cada pedaço daquela forma nova que identificou como sua.

Ergueu aquele corpo novo no meio da massa de movimentos ao seu redor e descobriu que a pressão dos passos que o comprimiam eram incômodas, mas não doíam. Pelo menos não da forma como ele se lembrava de sentir dor e, ao perceber isso, descobriu que tinha memória, ainda que a mesma lhe fosse vaga naquele instante.

Passado o encantamento das descobertas rápidas e súbitas, percebeu que sua garganta queimava, lhe gerando uma fome incontrolável, um desejo latente pelo sabor suculento de carne. Sentia cheiro de sangue fresco, salgado e metálico, ao seu redor. Procurou com todos os seus sentidos pela origem daquele perfume que o fazia salivar e descobriu que ele próprio estava exalando aquele odor saboroso pelas múltiplas lacerações que lhe cobriam o couro, marcas de dentes irregulares lhe perfurando a carne.

O estômago contraía de desejo, uma sensação quase sexual desesperada de consumir o outro. Virou-se para o lado, registrando pelo olhar ainda leitoso outro ser como ele se debatendo tão próximo que ele sentia seus fluídos espirrarem sobre os lábios secos. Usou a língua para sentir o gosto daquele molho enegrecido e descobriu que o sabor, ainda que não fosse ideal, o agradava. Inclinou-se lentamente sobre a criatura e arreganhou os dentes da boca torta, mergulhando-os na carne flácida que descolou do osso sem resistência, desfazendo-se entre as mastigadas preguiçosas que ele não se apressava em terminar, saboreando aquele momento de prazer e satisfação.

Continuou seu momento de deleite particular jogado no chão de mármore do hotel destruído. A multidão ao seu redor em constante movimento, espalhando-se pelo hall de vidros quebrados enquanto uma fumaça negra espessa parecia se dissipar lentamente na rua, luminosa demais para seus olhos novos e frágeis.

Cercado por outros mortos que caminhavam a esmo, excitados pelo cheiro de sangue fresco e inquietos pela ausência de carne fresca, colocou-se de pé e descobriu que seus membros não apenas respondiam às suas vontades como eram firmes e estáveis.

Não havia mais um coração batendo, o sangue não corria mais em suas veias como fizera antes, esvaindo das feridas abertas em fios cada vez mais finos. Curioso, experimentou diferentes sabores das diferentes criaturas ao seu redor que não impunham nenhuma resistência às suas investidas vorazes.

Registrando cada pequeno fato com seu cérebro diferenciado, entendeu que não era um deles. Era mais do que eles. Era mais do que todos os seres vivos. Ele morrera e ainda vivia. Ele dominara o grande inimigo da raça humana. Ele era o senhor da morte. E estava com fome. E estava puto da vida. E agora lembrava da mulher responsável por isso. E era dela o sangue que desejava sorver.

<u>GÊNESIS</u>

"Ilha do Arvoredo."

Fora isso que Rogério lhe informara quando Penny perguntara para onde iam. Naquele momento, deitada à beira daquele iate enorme, a música da guitarra fantasma de Johnny ecoando na memória, ela apenas assistia a ilha se aproximar, as ondas leves quebrando contra as pedras. Observando àquela distância, com a brisa salgada do mar a lhe umedecer os lábios rachados, era como se aquele lugar silencioso tivesse sido abandonado pelo tempo e permanecido intocado pela pandemia.

Com o direcionamento mais experiente de Marcela, decidiram ancorar e passar a noite ainda em alto mar, observando a costa à distância em busca de sinais de vida, ou da presença de sua ausência. O único a se opor era Max, cujos instintos caninos não haviam sido preparados para o balanço suave do barco, se tornando manhoso e mais grudado em Johnny do que nunca, nada que incomodasse o Cowboy, cada dia mais apegado ao maltês.

Havia uma sensação de final, um sabor nostálgico e doce que se misturava ao sal do oceano ao redor. Junto a isso, Penny sentia a vibração ansiosa do recomeço. Pela primeira vez desde que todo o caos se instalara, sentiu um resquício tímido de esperança brotar nos músculos sofridos. Olhando a mata verde e fresca preservada do que um dia fora uma reserva ambiental, conseguiu visualizar um futuro ao lado daquelas pessoas ao seu redor.

Nas semanas em que haviam se unido, ela conheceu cada um deles como conhecia a si mesma, todos órfãos da raça humana, sobreviventes da extinção da espécie. Sentia no peito cansado um senso de posse sobre aquela ilha virgem e quase intocada, como se a vida toda lhe houvesse preparado para aquele momento.

Jantaram no próprio barco. Rogério assou alguns peixes que Johnny conseguira tirar da água com um arpão que encontraram em uma das cabines. Marcela e Rogério se deitaram na cabine principal ainda cedo, aproveitando o raro momento de calmaria. Penny sugeriu a Johnny que aproveitassem o tempo morno e passassem a noite sob as estrelas com Max. Não admitiu, mas ela queria adormecer com aquela vista na esperança de evocar um sonho bom para compensar as infinitas noites inquietas e mal dormidas.

Ele se sentou no convés com a guitarra nas mãos, uma das pernas dobradas sob o corpo e a outra estendida, preguiçosa. Penny deitou a cabeça na perna estendida, os olhos vidrados no horizonte, se deixando levar pela melodia, sentindo Max se aninhar e repousar ao seu lado, os pelos brancos se misturando aos cabelos dela. Ela já estava adormecendo quando a música parou e os dedos nodosos de Johnny começaram a acariciar seu couro cabeludo enquanto recostava-se contra a lateral do barco, entrando no mesmo transe de esperança. Ela sentiu os músculos dele relaxando sob sua cabeça. Adormeceram juntos, os três, como se houvessem feito isso a vida inteira.

O amanhecer foi lento e preguiçoso. Acordaram sorrindo pela primeira vez desde que deixaram os confortos da mansão. Rogério e Marcela logo se uniram ao grupo. Precisavam planejar a chegada à ilha que, sob o olhar deles, não apresentava nenhuma forma de vida exceto animal, com pássaros cantando e peixes coloridos que fugiam do barco assim que tocavam o casco branco. Assumindo o controle,

Marcela se aproximou o máximo possível sem que fossem encalhar durante a maré baixa e ancorou o iate. Cerca de um quilômetro de água os separavam agora da ilha. Penny entregou um colete salva-vidas a Johnny, que lhe devolveu um olhar intrigado e ofendido. Ela simplesmente riu, mal reconhecendo o som da própria risada.

"Não é pra você, Cowboy." – E acenou a cabeça para Max.

Enquanto Johnny ajustava o colete no corpo do cachorro da melhor forma possível, Marcela lhe trouxe uma boia redonda amarrada a uma corda longa. Qualquer coisa que facilitasse o transporte do animal.

Penny tirou a roupa pesada do corpo e, com uma mochila de borracha às costas, se jogou na água, seguida por Marcela e Rogério. Johnny se debruçou sobre o casco, passando Max para os três pares de mãos cuidadosas que o aguardavam. O cachorro se debateu a princípio, mas logo que alcançou as mãos de Penny, deixou-se levar pelo movimento da água aguardando o dono, que logo o seguiu em um salto satisfeito sobre a água, respingando sal para todos os lados. Juntos, os quatro nadaram em direção à praia puxando Max pela corda da boia com cuidado.

Ergueu o corpo assim que sentiu a água se tornar arenosa, mergulhando os dedos dos pés na areia do mar, sentindo os vãos dos dedos serem tomados pela lama da praia. Penny descobriu que sentia falta desta sensação. Em sua vida anterior, uma memória distante agora, evitava a praia a todo custo, odiava o calor, os turistas e os vendedores ambulantes que gritavam frases feitas nos seus ouvidos, mas ali, sentindo aquela memória física da infância, percebeu o quanto sentia falta dessas coisas mundanas.

Assim que suas patas tocaram a areia, Max começou a se remexer, mordendo o colete desagradável que limitava seus movimentos. A primeira coisa que Johnny fez ao sair da água foi libertar o pequeno maltês do velcro que envolvia o tecido laranja, gerando uma explosão de alegria no cachorro que agora corria atrás da espuma branca das ondas que morriam sobre a areia branca.

Rindo enquanto vestia uma regata branca molhada que tirara da mochila, Johnny se aproximou de Penny, entregando uma garrafa de água para ela lavar o rosto salgado.

"Acho que chegamos em casa."

Ela sorriu de volta na direção dele, devolvendo a garrafa enquanto observava um sorriso nos lábios dele que nunca vira até aquele momento. Tocou a barba molhada de seu queixo com uma leve carícia dos dedos:

"Não tão rápido, Cowboy, ainda temos muito trabalho pela frente."

"Não importa. O que realmente importa é que estamos em casa."

E seguiu na direção dos outros que também se preparavam para conhecer os arredores daquele pedaço de mundo que agora pertencia apenas a eles e mais ninguém.

<u>FOME</u>

Nos primeiros dias, não precisou se movimentar muito. As ruas ao seu redor estavam apinhadas de criaturas mortas, completamente indefesas a ele. Sua fome crescia a cada dia. Sabia que precisava encontrar carne fresca e pulsante para se fortalecer. Sem um sistema funcional pulsante, precisava de outros para suprir suas necessidades básicas. No entanto, descobrira nos cadáveres decompostos uma capacidade de reprodução inesperada, sem resistência.

Assim como a mordida destes zumbis comuns infectavam os vivos, ele se descobriu capaz de infectar os mortos, tornando-os parte de sua raça superior. Encontrou em si um desejo quase humano de se multiplicar, gerar uma prole que respondia às suas vontades, aos seus desejos mais íntimos.

Vasculhando a memória ainda falha, não sabia pontuar exatamente o que lhe tornara aquele ser único, mas tinha certeza de que poderia reativar esta parte do cérebro quando consumisse carne fresca e pulsante. Era sua mente que ansiava por essa libertação. Seu desejo pela sabedoria era a mais insuportável fome que sentia.

O que evoluía à medida em que consumia outros mortos eram os instintos selvagens que os tornavam predadores, seu olfato acima de tudo. Mais do que um simples olfato, ele se descobriu desenvolvendo um faro selvagem. Sentia o cheiro de sangue fresco emanando no ar. Muito além disso, sentia o cheiro de corações pulsantes na vibração que o cercava, algo que ele nunca imaginou possível em vida. Se já tivesse desenvolvido um senso de humor, poderia rir da fragilidade humana agora.

Deixando um rastro de mortos mordidos pelo caminho, seguiu a direção do vento que o indicava no caminho da vida. Sabia que sua prole o seguia, sentia suas mentes fracas ecoando dentro da sua, uma consciência coletiva selvagem, digna dos livros de terror que vagamente sabia conhecer. Ao seu comando, se mantinham distantes dele. Antes de permitir que eles se alimentassem, precisava libertar a sua mente das nuvens que a tornavam opaca, precisava se fortalecer e só então permitir que eles o fizessem, evitando assim que a massa de seguidores tivesse força independente. Mais do que um líder. Naquele universo novo que ele criara, ele era um Deus.

Encontrou rastros de vida nos arredores de uma casa de luxo. Escutava duas respirações distintas se pronunciarem na vibração que o cercava, uma delas infantil. Sua boca salivava de ansiedade, um prazer quase erótico em saber que estava tão próximo da fonte da vida.

Esperou em silêncio por dias alimentando-se dos mortos que encontrara pelo caminho e aumentando a legião ao seu redor. Sabia que aqueles frágeis humanos teriam de deixar os muros em breve. Sentia o cheiro de seus corpos enfraquecendo com a falta de recursos. Sabia também que precisava atacar o adulto primeiro, tornando a criança suscetível e impotente perante sua feroz superioridade darwiniana.

O homem que surgiu diante do portão era velho e frágil, debilitado e desidratado. Fraco, olhou em volta sem conseguir encontrar os sinais de perigo que ele emitia. Sua saliva ansiosa escorria pelo canto da boca. Permitiu que alguns dos mortos comuns perseguisse o homem pela rua, observando à distância suas armas e suas habilidades letais e sorvendo seu desejo por conhecimento, suprimindo uma das formas que a fome tomava dentro de seu novo corpo.

O velho era mais rápido do que aparentava, mas tudo que tinha consigo como proteção era uma velha chave inglesa já manchada pelos detritos de suas batalhas. Cuidadosamente, ele se camuflou entre as criaturas mundanas que bradavam dentes podres sem coesão em busca de qualquer pedaço de carne, aproximando-se lentamente de sua vítima escolhida, sua presa.

Enquanto o homem se virou para liquidar uma fêmea jovem de vestido manchado, cravando a arma no crânio quebradiço, ele contornou o corpo e aproveitou os segundos que o velho levou para remover a arma para lhe cravar os dentes na garganta, rompendo a jugular com os caninos e sentindo a explosão do sangue arterial lhe cobrir o rosto enquanto o homem, confuso e sem consciência disso, se debatia debilmente em seu abraço mortal.

Ele rasgou a pele múltiplas vezes, saboreando cada dentada úmida como se fosse uma delicada especiaria fina. Cada tendão que de desfazia entre seus molares, cada veia que se derretia sobre a língua tenra. A massa cefálica gelatinosa escorrendo pela garganta faminta, lhe dando força, lhe dando vida. Sentia o sangue do homem percorrer as suas veias, as células ainda vivas se multiplicarem dentro do seu metabolismo inigualável. Por um instante apenas, ele se tornou o velho, e então deixou o corpo flácido tombar no chão como restos para que seus seguidores pudessem sorver aquela carne tenra.

O rosto molhado de sangue, ele se levantou e deixou que o corpo absorvesse aquela energia vital nova, regenerando suas feridas e lhe trazendo sabedoria, rejuvenescendo a mente afetada pela morte. Sentia o sangue novo correndo em suas veias, azuis, se movimentando preguiçoso dentro dele. Lentamente, lembrou-se de sua vida patética, ainda que apenas lampejos de memória. O suficiente para concretizar o seu raciocínio e sua certeza de que no consumo da vida alheia ele ganharia a sua de volta. E, pela primeira vez desde que a peste de iniciara e a raça humana sucumbira à própria extinção, um dos mortos ganhou voz, rouca e irreconhecível até mesmo para seu dono:

"O médico. É tudo por causa do médico."

Com a vida do velho percorrendo suas veias, recordou-se de semanas inteiras, ainda que sem ordem cronológica correta, seguindo apenas os rastros de como a sua memória havia se concentrado em seu cérebro. Entre lembranças vagas do sorriso do filho, do corpo da esposa, de um banheiro de azulejos negros e do rosto marcado da mulher desconhecida que se tornara sua obsessão, lembrou claramente do médico amarrado à cama perfurando-lhe o corpo e rindo de sua cara enquanto sua voz ecoava o sotaque americano ao chamá-lo de Homem Morto minutos antes de perder a própria vida.

Aquele soro, aquela ampola, que lhe penetrara a pele antes de sua morte era a cura. Diferente do que o médico imaginava, a cura não o tornou imune ao vírus, mas um aliado a ele. O médico não lhe condenara à morte. Ele o condenara à vida. E agora, sentindo o cheiro do suor amedrontado brotando da face avermelhada da criança que ainda se escondia atrás dos portões, sua fome se tornou muito mais do que voraz. Se tornou orgástica.

A ILHA

Levaram algumas semanas para se arrumarem e montarem um acampamento decente na encosta da praia. Como previsto, a baixa densidade populacional provou-se uma vantagem na escolha do local. Não havia nenhum sobrevivente naquele pedaço de terra que agora lhes pertencia, mas encontraram alguns mortos famintos esperando a chegada deles na modesta pousada que ocupava os metros próximos à areia branca.

Assim como haviam descoberto pelo caminho, os corpos que agora ocupavam o litoral se mostravam em um nível de decomposição mais avançado do que aqueles que enfrentaram na capital. Sem nenhum conhecimento científico real, discutiram possibilidades e concluíram, por si mesmos, que a umidade do ar e a maresia eram os fatores diferenciais que os tornavam mais fáceis de matar.

A pele não era o mesmo couro e se partia como pedaços de papel molhado, sem resistência às variadas lâminas que utilizavam. Sequer precisavam utilizar as munições das armas de fogo, seria apenas desperdício contra criaturas tão frágeis que seus ossos faciais que estilhaçavam à menor pressão. Camareiras, hóspedes e alguns marinheiros que buscaram refúgio na ilha no início da pandemia agora se tornavam uma modesta pilha de corpos destroçados sobre a areia que se tornava acinzentada ao absorver o sangue podre dos mortos e logo desaparecia, levada pela maré.

Penny sugeriu que queimassem os corpos por segurança, presumindo que o vírus desapareceria, incinerado com eles. Fizeram uma grande fogueira na praia e, em dois dias, se desfizeram dos pedaços de corpos que haviam amontoado enquanto garantiam a segurança e a integridade daquela construção que agora chamavam de casa.

Não havia eletricidade ou uma vasta quantidade de recursos que pudessem aproveitar nos aposentos singelos, mas havia paredes erguidas, quartos e roupas de cama e uma estrutura física para protegê-los durante as noites silenciosas e isso já era mais do que encontraram desde que deixaram a mansão.

A ilha em si, porém, oferecia múltiplas possibilidades. A encosta verde da praia dispunha de coqueiros altos e carregados de frutas e os jardins ao fundo da construção tinham espaço o bastante para iniciar uma horta variada desde que conseguissem os recursos necessários para iniciá-la.

Vagando mais para dentro da mata, Johnny e Penny se depararam com alguns animais selvagens que não apresentavam sinais de infecção e, diariamente, Johnny passou a sair cedo acompanhado por Max com o objetivo de caçar ou, se tivesse sorte, capturar alguns desses animais ainda vivos para poderem manter em cativeiro, talvez expandir a criação e desenvolver uma estrutura real que fosse maior do que apenas a necessidade básica da sobrevivência. Em seu peito, sentia nascer a esperança de deixar para trás os tempos de subsistência e criar um futuro para aquelas pessoas que estavam ao seu lado lutando há semanas por algo mais do que refeições suficientes apenas para mantê-los existindo e roupas manchadas de sangue negro secando ao sol.

Penny levara Rogério em uma expedição em busca de água fresca. Sabia que o estoque que haviam trazido do continente não seria o bastante e a imensidão do oceano não oferecia uma solução real de hidratação. Temia que o desespero da sede pudesse se tornar um problema.

Alguns quilômetros para dentro da mata, descobriram uma cachoeira reluzindo. Depois de se banharem com gosto, voltaram para anunciar aos outros a descoberta e Penny se recordou de uma conversa que tivera muito tempo antes, com uma mãe que poderia facilmente ter sido a sua, que os permitiria criar um mapa da ilha. O mesmo mapa criado por Nicole antes de ser capturada por Gomes, utilizando marcações coloridas para designar diferentes tipos de recursos disponíveis ao redor.

Lentamente, foram criando uma rotina. Encontraram algumas sementes frutíferas em árvores próximas que Marcela começou a espalhar pelo campo verde na esperança de que algumas delas florescessem um dia. Jardinagem se tornou seu hobbie, ainda que não soubesse realmente o que estava fazendo.

Com o passar dos dias, Johnny aprimorou suas habilidades como caçador, eventualmente levando Rogério com ele para compartilhar a responsabilidade. Todos os dias voltava com alguma coisa, às vezes grandes, como capivaras ou porcos do mato. Normalmente, eram aves que ele insistia para si mesmo terem gosto de frango mesmo quando não tinham. Próximos à areia, a pesca se tornara pouco efetiva, de modo que aposentaram o arpão.

Penny se responsabilizava principalmente por explorar os arredores, cuidadosamente desenvolvendo o mapa colorido e analisando os perigos que poderiam encontrar, como zonas passíveis de desabamento. Chegara a encontrar outras criaturas famintas pelo caminho, sobreviventes que haviam perecido em busca da vida que eles agora construíam, mas essa ocorrência se tornara cada vez mais rara até parecerem ter cessado de vez.

Max se provara um aliado indispensável nas buscas do grupo, seu instinto animal sentindo qualquer aproximação antes de qualquer um deles. Lentamente, com o passar dos dias e então das semanas, foram desenvolvendo uma conduta social, uma construção democrática de coletividade entre eles. Unindo as diferentes forças individuais, deixaram de ser apenas sobreviventes à deriva e se tornaram uma pequena sociedade, organizada.

Quase um mês completo – pelas contas de Penny – já havia se passado quando se sentaram em grupo e decidiram retornar ao continente em busca dos recursos que não conseguiriam sozinhos e isolados. Penny se preocupava especialmente com a falta de suprimentos médicos. Estavam se arriscando diariamente no meio da mata e precisavam estar preparados para eventuais acidentes. Marcela queria tentar encontrar sementes diferenciadas, especialmente alimentos que não levariam um ciclo inteiro para dar frutos. Johnny queria aumentar o estoque de munições que, com a caça, começara a se tornar escasso. Rogério simplesmente concordava com todos.

Dividiram-se nos grupos. Marcela iria com Penny até o continente por ser a única com experiência em velejar e Johnny ficaria com Rogério e Max na ilha para proteger aquilo que construíram.

Ele não se sentia exatamente confortável em deixar Penny assumir o desafio sozinha e encarar o continente sem sua companhia, mas sabia que precisavam ter cuidado para não perderem o que conquistaram. Ela precisou lembra-lo de que sobrevivera muita coisa antes dele surgir na vida dela, reforçando que – desde então – ela aprendera o bastante com ele para se virar sozinha por mais algumas horas.

SANGUE É VIDA

Consumindo o sangue fresco do velho, descobriu que seu corpo ganhara novas características. Sentindo-se regenerar, as feridas formadas por mordidas múltiplas se fechando diante de seus olhos, entendeu-se como uma criatura completamente nova, capaz de absorver mais do que nutrientes. Capaz de absorver vida.

O perfume infantil da criança ansiosa que esperava em vão seu protetor se erguia como o perfume de flores silvestres e teve a certeza física de que aquela vida lhe traria ainda mais força do que os restos consumidos do corpo adoecido do homem agora morto. Enquanto sua legião se livrava daquilo que deixara para trás, ele caminhou até os portões de ferro, tocando o metal com os dedos pálidos e sentindo a temperatura fria contra seu corpo agora quente. Acariciou o metal cilíndrico da grade sentindo a língua acariciar os lábios, sorvendo os restos de sangue que restaram em seu rosto após o massacre brutal.

Fechou os punhos contra a grade sentindo a própria força se pronunciar nos nós esbranquiçados dos dedos fortes e ergueu o corpo com facilidade enquanto era surpreendido pela própria agilidade. Em segundos, havia escalado e saltado sobre o portão com a destreza silenciosa de um felino selvagem, seguindo seu próprio faro até uma porta fechada no segundo andar que transbordava o odor de sangue virginal, puro e intocado pela peste.

Ele abriu a porta com tanta naturalidade que ela correu em sua direção acreditando ser o velho e não teve tempo de fugir ou gritar antes que ele se arremessasse sobre seu corpinho indefeso e se deliciasse em destruir tudo que aquela criança poderia ser com os dentes maliciosos.

*** *** ***

A massa de seguidores vagava os arredores da casa como os mortos comuns, misturando-se com a multitude de mortos inquietos. Sua pequena seita de ignorantes. Assim que ele se pronunciou novamente no meio deles, lambendo os dedos ainda úmidos do sangue novo que acabara de deslizar por sua garanta sedenta, ele imediatamente foi capaz de diferenciá-los dos outros. A postura cabisbaixa era a mesma, seus corpos pendendo levemente para frente em ângulos impossíveis aos vivos, mas os olhos esbranquiçados agora se voltavam em sua direção, distantes e vazios, mas aguardando um único pensamento seu para colocar aquela consciência coletiva novamente em ação.

Aquela nova injeção de vitalidade o permitiu expandir o alcance de seus instintos e, quando o vento mudou de direção, ele sentiu o cheiro familiar de sua predadora. Era o cheiro florido e doce que o seduzira misturado ao odor do medo e da adrenalina. Era ela. Era Cristina agora no vento. Imediatamente, virou o corpo na direção das ruas residenciais que circundavam sua prole e iniciou uma caminhada não muito longa acompanhado de mortos em seu encalço, alcançando os muros altos de uma mansão de alto luxo que fedia os feromônios de Cristina ou qualquer que fosse o nome real daquela que o destruíra. Ou lhe dera vida. Não conseguia se decidir. E não se importava com isso.

Ele sabia pela intensidade do perfume e a ausência de sons que ela não estava mais lá já fazia algumas horas, mas era um lugar para começar. Sentindo as veias cheias de vigor infantil pulsante, conseguiu forçar-se através da fechadura do portão, destruindo o cadeado em minutos. Logo, estava no meio de uma imensa sala dividida em diferentes cômodos, cada pedaço de móvel assinado por designers famosos com traços perfumados da presença daquela vagabunda.

Enquanto os mortos o seguiam, espalhando-se pela casa a esmo, atraídos inconscientes ao cheiro dela pela obsessão dele, ele passava os dedos por todas as superfícies ao seu redor, descobrindo que seu tato se tornara mais sensível. Não sentia sono ou cansaço, não sentia nada exceto por uma crescente fome e um desejo desesperado por carne e sangue. E justiça.

Passou horas ali naquela mansão, absorvendo cada odor humano que se pronunciava em meio ao cheiro fétido da horda de mortos ao seu redor. Sabia que ela havia passado por ali. Sabia também que não estava mais sozinha. Sentiu o cheiro amadeirado de um macho que se misturava à pólvora. Sentiu o cheiro de outro macho, menos pronunciado. Sentiu o perfume marítimo que reconhecia como a garota que ele mantivera presa durante suas últimas semanas de vida e um quinto elemento que não era humano, um cheiro de terra molhada e saliva que parecia seguir o perfume amadeirado do primeiro macho identificado.

Sentiu um forte cheiro também de combustível, que seguiu em direção à garagem no fundo do jardim. Havia muitos carros e uma moto à disposição, todos com seus respectivos tanques devidamente vazios, mas não por uso. Os veículos estavam tão mortos quanto ele próprio, frios e abandonados. O grupo dela havia selecionado um veículo – grande, pelo espaço que ele reconheceu – e extraído a gasolina dos restantes, deixando para trás apenas rastros indicando que haviam partido.

O cheiro de gasolina era relativamente fresco, embora não houvesse traços visíveis de umidade no chão no cimento. Aquilo era perfeito. Aquilo lhe dava tudo que precisava para poder ir ao encontro daquela que o destruiu. E agora ele reconhecia o resto do grupo, facilitando a perseguição. Através dos outros, encontraria ela.

Ele ergueu o portão destrancado da garagem revelando a rua dos fundos do enorme terreno para descobrir que sua pequena multidão religiosa havia atraído mais mortos, de variedade comum, o bastante para alimentar sua fome incansável e o manter forte o bastante até que encontrasse uma nova fonte de vida. A cada pedaço de carne podre que ele descolava de ossos secos com seus dentes famintos, sentia expandir o alcance de sua mente, sentindo o tamanho da horda que se tornara parte do que ele era e, seguindo os rastros de gasolina queimada que se misturava ao perfume florido que representava seu inferno particular, iniciou uma longa caminhada em direção ao Sul.

SANTUÁRIO

Marcela ficou dentro do barco enquanto Penny usava o pequeno bote inflável para ir até o continente em busca da lista de itens que o grupo desenvolvera em conjunto. Carregava consigo, além de sua confiável faca, uma das pistolas automáticas que Johnny escolhera para ela.

Sua missão era simples e a única coisa que precisava fazer impreterivelmente era retornar antes de anoitecer. A cidade de Itajaí era essencialmente rural, de modo que poderia facilmente vasculhar apenas o centro comercial, com horas de sobra para retornar sob o sol litorâneo de uma estação qualquer que ela já não saberia reconhecer.

Sua primeira parada foi na delegacia. Não havia muita coisa restando, mas conseguiu algumas caixas de munição, guardando todas para que Johnny pudesse selecionar depois o que poderiam usar, já que não entendia direito como essas coisas funcionavam, mas nenhuma arma propriamente dita havia restado.

O mercado que encontrou estava com a porta de metal completamente arrebentada e suas prateleiras quase vazias, restando poucos itens úteis, sua maioria jogada pelo chão em latas amassadas. O piso de linóleo tinha muitas marcas secas de sangue arrastado, deixando-a preparada para enfrentar os mortos que invariavelmente habitavam qualquer fonte de recursos em qualquer cidadezinha que eles tentaram parar pelo caminho, e Itajaí não se provou diferente.

Deixando a pistola barulhenta adequadamente ajustada no cós da calça, usou a faca para destruir qualquer traço de infecção que tentou se espalhar para o seu sistema no caminho. Sozinha, sabia que tinha mais destreza com lâminas do que qualquer tentativa de utilizar armas de fogo.

Enquanto limpava o sangue viscoso e oleoso da faca contra os joelhos grossos da calça jeans, pensou friamente no quão triste era perceber a leviandade com a qual passara a enxergar a morte e como se tornara simples para eles, os sobreviventes restantes, tirarem a sobrevida destas criaturas que um dia tiveram mães, amores e filhos. Segurou a própria emoção, afastando da memória a lembrança de Mia nos braços de uma criatura que um dia chamara de pai. O lugar do passado era no esquecimento e este era um novo momento, de recomeços e esperanças que ainda não estavam perdidas. Um futuro ao lado de Johnny e Max.

Passando pelo corredor de orgânicos em seu caminho de volta às portas arrebentadas, procurou encontrar entre as leguminosas praticamente liquefeitas alguma coisa que pudesse ser útil nos jardins de marcela e, exceto pelos temperos e algumas sementes secas, não havia mais nada ali que lhe fizesse pensar em vida. Enfiou algumas sementes no bolso do jeito que conseguiu e seguiu de volta para as ruas abandonadas.

Seguindo silenciosa pela rua principal, escutava os grunhidos familiares ecoando à distância, se lembrando de seu isolamento no início de tudo e o medo que a mantivera viva e que agora se tornara parte de sua rotina. Com uma reação física no estômago, pensou em Fernando, depois em Gomes e no Homem Gordo e concluiu friamente que, em um mundo na qual os mortos haviam tomado a terra, aquilo que ainda a assustava eram os vivos. O novo normal ainda tinha muitos resquícios do antigo e a ganância humana não parecia ter sido afetada pelo vírus.

Não passara tanto tempo sozinha desde que Henrique entrara em sua vida. Pensando nisso com ardor nos olhos, afastou as lembranças novamente e tentou manter-se focada em encontrar a farmácia ou uma floricultura qualquer na qual pudesse juntar mais sementes. Viu ao longe o que um dia fora uma cruz em neon e apertou o passo. O som oco de sua bota pesada no asfalto se tornando uma guia para escapar da solidão que lhe trazia pensamentos humanos demais para um momento de caça como aquele. Voltar a realizar estas buscas nos escombros da civilização lhe trazia lembranças que a faziam se sentir fragilizada e não podia se deixar tomar por elas agora. Não estava mais sozinha e tinha alguém para quem prometera retornar.

Ao alcançar o quarteirão desejado, atravessou a rua e agachou-se atrás de um carro abandonado. Sabia por experiência que este tipo de comércio era um dos mais requisitados. Fazia tempo que não se preocupava com estes cuidados detalhistas, mas sabia que era porque sempre estava acompanhada de Johnny e Max. Aquela era a primeira vez que seguia sozinha por um local desconhecido desde que entraram em sua vida e tinha que redobrar seus cuidados. Havia outros dependendo dela.

Após alguns minutos, agradeceu a si mesma por ter sido cautelosa. Observando a vitrine coberta por toras de madeira, percebeu entre os vãos movimentos ocorrendo dentro da farmácia. Guardou a faca no cinto e empunhou, ainda que um pouco insegura, a pistola da forma como Johnny a ensinara. Em pequenos trechos velozes entrecortados, ela fez seu caminho escondendo-se onde podia e analisando o que conseguia pelos vãos que lhe agraciavam com uma visão restrita do interior da loja.

Antes de qualquer coisa, registrou que os movimentos eram humanos pela forma ordenada com a qual as sombras – três, pelo que percebera – interagiam entre si. Não se esbarravam, não faziam sons e, felizmente, não sabiam que estavam sendo observados pelos olhos de lince de Penny. Seu cheiro não lhes chamara a atenção e seus passos duros não a haviam denunciado.

Ela se encostou contra a parede, abaixada sob o vidro da vitrine, fora do alcance da vista deles, tentando escutar o diálogo sussurrado do grupo. Não conseguiu definir palavras, mas soube que eram três homens. Sentiu o corpo arrepiar de pavor com a ideia de enfrentá-los sozinha e considerou a hipótese de retornar ao barco sem dizer nada, mas quando percebeu que os três haviam se afastado da frente da loja entendeu como uma oportunidade de atacar com um elemento surpresa.

Empurrou lentamente com o pé a porta da frente, deixada destrancada pelo grupo desavisado, e entrou silenciosamente na escuridão da loja completamente despercebida. Um deles notou a claridade rápida da porta e xingou o outro por não ter fechado, acusando-o de ter se descuidado.

O homem descuidado retornou à direção da porta para fechá-la, mas o que encontrou foi Penny, escondida atrás de uma estante barata de metal, apontando a arma em sua direção e com um dedo indicador na altura dos lábios comandando silêncio.

Ele ergueu as mãos sem dizer uma palavra e se aproximou dela seguindo a direção apontada pelo mesmo dedo indicador.

Ele era um cara grande, a pele morena, um rosto simpático. Penny pensou na hora que, dadas as circunstâncias, seu antigo 'eu' simpatizaria com ele imediatamente. Mas os olhos calorosos agora a encaravam assustados, lhe entregando o poder de controlar a situação. Ela se aproximou dele, colando a arma em sua nuca e seus lábios na altura de sua orelha, em seu sussurro quase inaudível.

"Eu não quero machucar ninguém, mas eu vou se vocês me obrigarem. Balance a cabeça se tiver entendido."

Ele acenou positivamente e depois sinalizou que gostaria de dizer alguma coisa. Estava lhe pedindo permissão.

"Vá em frente, pode falar, só não atraia a atenção dos seus amigos."

"Você é do santuário? Veio nos buscar?"

"Santuário? Que santuário?"

"Vimos algumas placas na estrada. Tive certeza de que eram de um amigo meu."

"Não, eu não sou de nenhum santuário e nem coloquei placas na estrada. Estou aqui apenas para pegar algumas coisas."

"Você não sabe do santuário?"

"Não faço ideia do que você está falando."

"A ilha. Dizem que há uma ilha completamente segura e livre dos mortos. É pra lá que vamos."

"Uma ilha?"

"É. Pelo menos é o que dizem as placas. Uns 11 quilômetros de distância do continente parece que há um forte totalmente seguro. E estão recrutando."

Penny abaixou a arma, olhando nos olhos calorosos do homem cuja voz parecia tão esperançosa que era quase um conforto em si mesma, ainda que suas palavras lhe trouxessem náusea e medo.

Trinta segundos. Foi o bastante para perceber que havia cometido um erro. Estava cercada. De cada lado do corredor, um dos amigos dele agora lhe apontavam uma arma, os olhos assustados dos dois se mostrando mais perigosos do que qualquer coisa. A voz atrás dela foi a primeira a se manifestar, o cano gelado encostando em suas costas enquanto o rapaz falava, mantendo a voz baixa e trêmula.

"Quem é você?"

Ela ergueu os dois braços e, sem se virar, falou com o grandão à sua frente não com aquele que a ameaçava:

"Meu nome é Penny. Eu não faço parte de nenhum santuário e não estou aqui para machucar nem salvar ninguém. Eu só quero voltar para o meu acampamento."

O grandão olhou o rapaz que ainda se encobria da vista dela.

"Ela é legal, cara. Pode abaixar a arma."

Demorou algum tempo, mas ela sentiu a pressão do cano nas costas diminuir e desaparecer. O grandão sorriu pra ela, estendendo sua mão enorme.

"Meu nome é Sérgio, estou procurando uma pessoa que deveria estar aqui no Sul, mas não sei como achá-lo agora. Não queremos nenhuma encrenca, apenas um lugar seguro para passar a noite."

SONHANDO ACORDADO

Ele não dormia mais. Não sabia as razões fisiológicas de sua nova condição, mas sabia ao certo que não precisava descansar seu corpo ou sua mente. Não sentia cansaço muscular nenhum e, diferente dos outros de sua suposta espécie, não demonstrava deterioração nas juntas, músculos, tendões ou nervos.

Enquanto os outros se decompunham à sua volta, ele se sentia congelado no tempo, mantendo a juventude e a vitalidade de seu corpo no momento de sua morte, ainda que sua pele houvesse se tornado mais pálida e suas veias azuis se pronunciassem sob o couro ou que a face em seu reflexo já não tivesse a mesma aparência que se lembrasse. Pelo contrário, quanto mais se alimentava, mais suas condições se aprimoravam. Porém, se ele passava muito tempo sem se alimentar, sentia os efeitos da morte chegarem lentamente. Era apenas uma questão de controle. Se tornara senhor de si mesmo. Se tornara o senhor da vida. E da morte.

Embora não fechasse os olhos para dormir, ele sonhava. Ou, pelo menos, era o que chamava de sonho, embora identificasse os efeitos como uma mistura de lembranças e desejos humanos. Sua fome não era nutrida apenas por uma necessidade de sobrevivência, mas por prazeres da carne.

Preferia vítimas femininas, deixando que sua crescente horda de seguidores aproveitassem os homens que encontravam pelo caminho. Além de fisicamente mais fortes, destruíam muitas vezes os mortos que os atacavam e representavam maior risco, a carne feminina era mais gordurosa, mais macia e tenra, mais saborosa. Gostava se sentir seus corpos macios se debatendo debilmente em seu abraço mortal. Sorvia-lhes não apenas o sangue, mas a vida e tudo que eram até aquele momento, o mais próximo que sua condição lhe permitia chegar de um amante.

Tinha um desejo concreto por mulheres mais jovens, com seus quadris mais largos e carnudos, sua natureza maternal. Gostava de escutar os gemidos de dor e medo que emitiam de suas gargantas rasgadas. Gostava de descobrir o gosto de cada uma, especialmente aquelas que tinham o gosto salgado das lágrimas.

Seguia o traço do perfume de uma mulher específica, mas se não fizera o tipo fiel em vida e não o faria agora em morte. Enquanto buscava por Cristina com seus sonhos e lembranças, deliciava-se pelo caminho com qualquer outra vagabunda disponível.

Usando a força de sua mente, mandou que a horda se espalhasse pelo caminho enquanto seguiam pelas estradas em sua busca implacável. Se ele quisesse se tornar um verdadeiro Deus, precisava que sua mensagem fosse espalhada pelo mundo, tornando-o onisciente nesta nova ordem de mortos que agora tomavam o interior do estado mais populoso do país.

Alcançou uma parada de caminhão abandonada próxima ao litoral Sul que estava completamente infestada com o perfume florido de Cristina. Ela não apenas havia parado ali, mas passado um tempo significativo nos arredores, deixando seu cheiro impregnado em tudo que tocara. Ele aproveitou para se permitir algumas horas de delírios doentios, relembrando com gosto a noite em que a conhecera, que sentira o gosto doce de sua pele e o salgado de suas lágrimas, a primeira vez que o cheiro metálico do sangue dela o atingiu, deixando seu rastro sobre uma pia de mármore negro.

Não racionalizava a respeito. Apesar de suas memórias retornarem lentamente nestes delírios eróticos de violência gratuita, não fazia raciocínios complexos com tanta facilidade, muitas vezes confundindo as memórias reais com aquelas criadas para seu próprio deleite. Realidade e fantasia se misturavam deliciosamente como a lembrança vaga de um filme antigo.

As lembranças mais vívidas eram de dor e tortura. Eram o visual da silhueta dela com a brasa do cigarro aceso rindo da fragilidade dele, humilhando-o e destruindo sua essência. Considerava uma castração o que ela lhe fizera e seus desejos mais vorazes de retaliação vinham acompanhados dos chamados sonhos de destruição lenta dela. Deliciava-se, sim, com a imagem de sua dor física, mas não era o bastante. Queria arrancar dela tudo que a tornava uma sobrevivente, tudo que a tornara capaz de matá-lo, não uma, mas duas vezes, abandonando-o para os mortos.

Assim como ela utilizara a nação de zumbis para extrair a vida dele, ele faria o mesmo com ela. Devoraria sua humanidade lentamente, saboreando sua angústia, e só então faria dela o mesmo monstro destrutivo que ela fizera dele.

ÁGUAS DESCONHECIDAS

Marcela aguardava ansiosa o retorno de Penny. Sabia que ela levaria algumas horas para voltar, mas a ansiedade parecia fazer com que o tempo passasse ainda mais lentamente. Observando o porto a uma certa distância puramente por segurança, a cidade à sua frente parecia abandonada e fantasmagórica.

Sentindo ser impossível descansar, algumas exaustivas horas já haviam se passado quando percebeu um movimento em sua direção com a visão periférica e assustou-se. Havia um grupo inteiro vindo em sua direção enquanto ela aguardava apenas uma alma solitária. Apanhou o arpão deixado sobre a proa, preparando-se para acertar qualquer um que tentasse se aproximar e então reconheceu Penny, calmamente caminhando no meio de três homens que ela desconhecia.

Teve pouco tempo para decidir se a amiga estava em perigo ou não. O grupo caminhava junto sem trocar palavras, todos armados. Penny vinha à frente, também com a arma na mão, o que a fez aguardar mais alguns instantes e deixá-los se aproximar mais.

Viu que foi Penny quem puxou o bote salva-vidas na direção deles, orientando cada um deles a entrar e se ajeitar para começarem o caminho na direção do iate em que ela se encontrava. Concluiu que, se alguém ali fosse refém do outro, essa pessoa não era Penny, e abaixou o arpão, aguardando ansiosa, mordendo os lábios inquieta.

Em alguns minutos, estavam subindo à bordo do iate. Penny foi a primeira, ajudando os outros três e arrumando o bote de volta em seu lugar antes de dizer qualquer palavra. Marcela observava de longe, aguardando um sinal de sua companheira. Os homens eram jovens, todos na faixa de seus trinta e poucos anos, e carregavam mochilas nas costas, as deles e as de Penny, todas abarrotadas com novos recursos.

Terminando de amarrar o bote, Penny foi à amiga e a abraçou.

"Viu? Eu disse que ia ficar tudo bem."

"Quem são eles?" – Tentava controlar a ansiedade da voz sem muito sucesso.

"É isso que nós vamos descobrir agora, mas não se preocupe. Não são um risco para gente. Pelo menos não por enquanto."

Os três aguardavam em silêncio em um canto, uma mistura de confusão e timidez entre eles. O maior era o único que sorria. Parecia estar se divertindo como nunca. Marcela olhou para ele e ele se aproximou animado, limpando a mão nas calças antes de a estender para ela.

"Oi, eu sou o Sérgio, mas pode me chamar de Serginho, todo mundo chama."

"Marcela."

"Bem legal isso aqui, hein? Que sorte de vocês arranjarem um barco assim."

Penny interrompeu.

"Muito bem, rapazes, sentem-se. Vamos bater um papo aqui antes de tomar qualquer decisão."

Eles se ajeitaram, sentando-se onde ela havia indicado.

"Quem são vocês?"

Serginho se adiantou, liderando o grupo.

"Vocês já me conhecem. Aqueles são Diego e Vitor. Nos conhecemos em São Paulo ainda e estamos seguindo juntos desde então. Eles estão comigo." – Penny percebeu que ele se divertia com a posição de liderança, como se fosse algo novo e excitante.

"Eles estão com você e você está procurando alguém, se entendi direito."

"É, estou procurando um amigo meu. Meu melhor amigo, na verdade. A gente sempre brincou que se desse merda iríamos achar uma ilha no sul e começar de novo."

"Brincou?"

"É, a gente falava muito nisso. Ele sempre acreditou que alguma coisa ia dar errado e eu achava que era tudo paranóia, mas aí aconteceu essa loucura toda" – ele estendeu o braço na direção do continente – "e eu soube na hora que ele vinha nessa direção."

"E porque vocês não vieram juntos então?"

"Ah, eu não queria abandonar minha mãe ou a minha avó. Quando a comunicação caiu, não consegui falar com ele. Acabei ficando pra trás. Mas nunca desisti."

"E vocês dois?"

Diego, um rapaz bem magro que falava usando as mãos, os dedos longos de pianista se movendo initerruptamente com a ansiedade que o assolava, foi quem falou pelos dois.

"Nós somos amigos de infância. Estudamos juntos e morávamos apenas alguns quarteirões de distância. Quando a namorada dele desapareceu, nos juntamos e ficamos dentro de casa, escondidos o máximo de tempo possível."

"Como vocês três se juntaram então?"

"Foi por acaso, na estrada. Estávamos tentando chegar ao Paraná para encontrar a família do Vitor quando nosso pneu estourou e não tínhamos como trocar. Procuramos abrigo numa dessas paradas de caminhão e encontramos o Serginho lá, abastecendo."

"Eu estava vindo para o Sul de qualquer jeito e me ofereci para leva-los até Curitiba, mas a cidade já estava completamente tomada quando chegamos lá."

"Nós desistimos de entrar na parte urbana e decidimos seguir juntos, encontrar essa ilha do amigo dele. Parecia a melhor coisa a fazer naquele momento."

"E esse tal Santuário?"

"Já estávamos chegando na divisa com Santa Catarina quando as placas começaram."

"Quando eu vi aquilo tive certeza de que era o Johnny que tinha deixado aquilo pra mim."

Penny sentiu os pelos da nuca se erguerem à menção do nome. Percebeu o movimento do olhar de Marcela em sua direção com o canto dos olhos, mas ela não se manifestou. Penny agradeceu em silêncio pela discrição da amiga, esperando que Marcela pudesse sentir sua gratidão.

"Johnny? Esse é o nome do seu amigo?"

"É, sim."

"Você acha que ele deixou uma trilha para você seguir, é isso?"

"Quem mais poderia ser? O Johnny é meu melhor amigo no mundo todo. Eu faria qualquer coisa por ele e ele por mim. E eu sei que ele sobreviveu, porque estava se preparando pra isso há muito tempo. Ele é o cara mais durão que eu conheço. Eu sei que ele está me esperando. Vocês podem vir com a gente se quiserem."

"Serginho, eu tenho uma notícia pra você. Nós temos um Johnny no nosso acampamento e eu tenho todos os motivos pra acreditar que ele é a pessoa que você está procurando, mas eu garanto que não foi ele quem deixou essa trilha no caminho."

"Vo... Vocês estão com o Johnny? É sério mesmo?"

"Estamos com UM Johnny. Não é um nome comum e foi ideia dele nos trazer para o sul, então acho que estamos falando da mesma pessoa, sim, mas..."

Ela não terminou a frase dela. De repente, estava envolta pelos enormes braços fortes de Serginho, que a abraçava, levantando-a do chão e chorando copiosamente em meio a uma risada contagiante.

<u>SOBRE DEUSES E MONSTROS</u>

O poder que emanava de si era contagiante. Coberto de sangue inocente, sentia irradiar do próprio corpo a divindade de sua mera existência. Enquanto todos ao seu redor insistiam em pecar, ele era a origem do pecado. Quando todos ao seu redor insistiam em sobreviver, ele era a vida. E quando todos ao seu redor se recusassem a morrer, ele seria a morte.

Mais do que tudo, percebia entre suas mudanças graduais que suas características humanas começavam a se pronunciar e seus apetites vorazes se tornaram variados. A única coisa que o incomodava naquela evolução humana era a sensação de absoluta solidão. Ele era um Deus entre monstros, mas o era sozinho, e estava decidido a mudar isso. Não havia valor na divindade sem que pudesse ser exercida.

Já sabia que a forma natural de espalhar o vírus, com seus dentes ferozes, criava uma raça nova de mortos que agora carregavam a sua mutação, mas nenhum era como ele. Nenhum podia raciocinar com ele. Não havia nada em sua consciência coletiva além de seus próprios pensamentos e a presença de incontáveis outras mentes vazias aguardando para satisfazer os desejos dele, um eco estático que zunia e ecoava a si próprio, e ele desejava com fúria compartilhar esse poder com um igual. Talvez não um igual, pois Deuses não compartilham a intensidade completa de seu poder, mas um outro ser superior, que se tornasse seu companheiro nessa jornada de sangue, prazer e conquista. Que ele pudesse controlar, é claro, não criaria uma ameaça a si próprio, mas algo mais do que apenas corpos em movimento. Ansiava pela troca.

Precisava encontrar um humano perfeito que ele pudesse transformar como o médico lhe fizera, uma mudança completa e não apenas uma evolução molecular. Precisava de um humano para ser alterado em sua essência, não sua biologia básica.

Não possuía conhecimentos técnicos nem compreendia completamente sua própria composição química. Toda o seu conhecimento científico vinha de memórias humanas provenientes de uma personalidade distraída que nunca se interessara muito por ciência. O único conhecimento sobre o vírus que o acompanhava era a noção de que ele se espalhava pela troca de fluídos.

A saliva dos monstros comuns misturada ao sangue humano os tornava zumbis, devoradores de carne inúteis. A saliva dele misturada ao sangue parado das criaturas comuns as tornava parte de uma raça superior, mais ágil e responsiva à sua consciência. A saliva destas criaturas tinha o mesmo efeito, assim como sua saliva misturada ao sangue humano. Como poderia compartilhar mais do que sua fisiologia era um mistério que ele desejada desvendar.

Caminhando pela estrada, seguindo os rastros de perfume florido de Cristina sem precisar se esforçar, caçando naturalmente por seu instinto selvagem e sabendo que nada mais lhe apresentava um perigo imediato, teve um pensamento isolado que, embora não oferecesse solução imediata, poderia ser o início de algo novo.

Tudo que ele conhecia sobre o contágio tinha um elemento comum. Saliva. Mas os fluídos humanos eram muito mais numerosos e, em muitos casos, mais poderosos do que a saliva. O poder dele estava em seu sangue e era a partir dali que ele deveria começar a testar as possibilidades.

Ele não fora mordido quando seu corpo foi afetado pelo vírus. Ele recebera a vacina direto nas veias, e isso não o matou. Seu sistema já estava mudando sem lhe causar danos reais antes que aquela filha da puta lhe tirasse a vida.

Ele não tinha o conhecimento ou os recursos do médico para aprofundar-se em uma experiência complicada, não poderia extrair de si mesmo a essência de sua mutação. Mas ele era a fonte de tudo. Ele carregava a solução no sangue. E, como o Deus que era, não precisava de coisas mundanas como a integridade física que os humanos preservavam com tanto fervor. Ele poderia facilmente se desprender de uma quantidade significativa de seu sangue para tentar evoluir como espécie, bastava se alimentar novamente para repor o que fosse extraído. Ele se sabia imune às dores mundanas e os medos mortais.

Ele não respondia mais à lei do mais forte. Ele não precisava ser forte porque ele era a própria força. O cheiro de suor e adrenalina que balançou na brisa o tirou de seu devaneio. Ali perto, em algum lugar próximo à estrada, sentiu a presença humana de suas primeiras cobaias. Estava na hora de usar seu poder como nunca usara antes, e de se alimentar o bastante para manter o sangue vermelho e pulsante em suas veias divinas. Desviou do caminho na direção do que ele identificara como um grupo assustado de quatro adultos e, fazendo-o salivar de desejo, duas crianças.

<u>REENCONTROS</u>

Velejaram em silêncio enquanto Marcela controlava o iate, suas habilidades se tornando mais ágeis a cada viagem. Serginho ainda secava os olhos emocionados enquanto Vitor e Diego dividiam um almoço magro. Penny assumiu a posição de defesa à frente da embarcação. Durante a viagem silenciosa, sentia o coração bater irregular, oscilando entre felicidade por Johnny e um medo enorme de estar cometendo um erro.

Aproximando-se da ilha, viu Johnny e Rogério correrem em direção à praia, suas faces aliviadas em se certificarem de que as duas estavam vivas e retornando antes do tempo esperado.

Assim que viu o movimento na areia, Serginho correu para a beira da embarcação, os olhos molhados buscando uma figura familiar. Penny sentiu que podia escutar o coração disparado dele à metros de distância. Manteve os olhos no grandalhão, analisando cada traço de emoção. Ela passara longos meses desejando um reencontro, sua certeza variando entre a vida e a morte, e jamais conquistara aquele momento de glória. Assistia fascinada enquanto a face ansiosa dele abriu em um sorriso de certeza, de amor, de emoção. Ela nunca tivera o seu reencontro, mas poder participar daquele momento de Johnny era o bastante para ela. Ser ainda a responsável por isso lhe enchia o peito de felicidade e ela própria segurou as lágrimas quando escutou a voz familiar responder ao velho amigo.

"JOHNNY!!!!!!!! É VOCÊ, CARA! É VOCÊ MESMO!"

"SERGINHO??? É VOCÊ, SERGINHO? É REAL ISSO?"

O corpo grande e forte de Serginho se arremessou na água antes da embarcação aportar. Ele nadava na direção da ilha enquanto Johnny corria para dentro d'água fazendo o caminho oposto, seguido por Max, que se debatia na água atrás do dono sem saber se aquele homem enorme em sua direção apresentava algum perigo, tentando latir enquanto as ondas o cobriam, sempre pronto para defender seu companheiro.

Encontraram-se no meio do caminho. Serginho se arremessou sobre o amigo, derrubando Johnny sobre as ondas com a delicadeza de um caminhão desgovernado, afundando Johnny na água e fazendo Max latir ainda mais alto, engasgando com a água do mar enquanto se decidia se atacava Serginho ou se voltava para a segurança da terra firme.

Alcançando os dois enquanto Johnny se reerguia e Serginho tentava inutilmente secar as lágrimas que se misturavam à água do mar em seu rosto avermelhado de emoção, Penny pegou Max no colo e o levou com ela até a areia, reafirmando o cachorro de que não precisava se preocupar com Johnny neste momento. Ele não estava apenas bem ou seguro, ele estava ótimo.

Marcela a seguia, acompanhada de Diego e Vitor, para o local onde Rogério aguardava o grupo com garrafas de água potável para lavar o sal do rosto. Os cinco, em terra firme, realizaram as devidas apresentações. A chegava triunfal do amigo de Johnny já havia destruído qualquer possibilidade de tensão entre o grupo. Os cinco sorriam na direção dos dois, que agora caminhavam abraçados pela água, traçando o caminho de volta à areia branca. Serginho se direcionou aos dois companheiros:

"Eu não disse que ele estava me esperando? Sabia! Tinha certeza!" – Serginho sacudiu a cabeça de Johnny com carinho, os cabelos longos espirrando água para todos os lados e se grudando no rosto barbado e sorridente.

Diego e Vitor apertaram a mão de Johnny, finalizando as apresentações. Max, ainda confuso, latia na direção de Serginho, rosnando e ameaçando morder seus calcanhares, ainda sem saber se ele era uma ameaça ao dono. Johnny pegou o maltês molhado no colo, certificando-o de que Serginho era um aliado. O cachorro continuou olhando desconfiado por alguns instantes até ser colocado de volta no chão, sacudindo o pêlo para se secar.

"Eu recebi seus recados, Johnny, segui o caminho que você deixou pra mim."

A radiância de Serginho não durou muito tempo. A feição sorridente de Johnny havia se tornado um olhar confuso, com uma sobrancelha erguida.

"Que... que caminho? Eu não deixei nada..."

Johnny olhou para Penny, que já havia parado de sorrir e o encarava com preocupação nos olhos escuros.

"Precisamos conversar. Todos nós."

*** *** ***

Enquanto Rogério ajeitava os novos chegados em quartos da pousada e Marcela analisava as sementes que recebera, sem conhecer muito sobre botânica mas ainda assim tentando aprender, Penny puxou Johnny para uma conversa particular sobre aquilo que mais a incomodava desde que encontrara o grupo dos rapazes na farmácia.

"Alguém está deixando placas pela estrada direcionando sobreviventes pra cá. Isso pode ser um risco enorme para nós."

"Quem faria isso? E por quê?"

"Eu não sei, mas pelo que o Serginho falou essa sinalização promete um santuário, um lugar mágico em que tudo está lindo e maravilhoso. Daqui a pouco teremos dezenas de estranhos aportando aqui na praia querendo refúgio."

"Ou pior."

"Sim, ou pior."

"O que podemos fazer?"

"Antes de tudo, precisamos nos preparar. Onde há promessa de segurança, sempre haverá risco de saque e destruição."

"Vamos destruir essa sinalização."

"Não sabemos de onde vem, até onde vão. Destruir não será o bastante, Johnny. Precisamos descobrir de onde isso veio, para podermos acabar com essa ameaça na fonte."

"Você acha que não estamos sozinhos na ilha?"

"Eu desconfiava, mas agora tenho certeza. Está na hora de investigar mais à fundo na mata, aumentar o alcance do meu mapa para reconhecer não apenas recursos, mas os limites das nossas ameaças."

"Não podemos assustar os outros. Se entrarem em pânico, fodeu pra gente."

"Sim, eu sei. Precisamos dar um jeito de investigar sem deixar transparecer o que isso pode significar."

"Amanhã pela manhã sairemos cedo, só nós dois. Digo para os outros que vou te ensinar a caçar e nós começamos a investigar o terreno."

"Vou preparar as armas, deixar tudo pronto. Você tem um velho amigo que está há muito tempo te procurando. Vá ficar com ele. Aproveite."

"Tem certeza?"

"Tenho. Você merece! E seria bom apresentar o Max formalmente. Acho que ela está ficando com ciúmes."

Segurando o rosto dele entre as mãos, Penny sorriu pra ele, puxando-o para perto de seu lábios. Ela lhe deu um beijo estalado na testa, ele retribuiu com um beijo delicado na ponta do nariz. Penny saiu na direção da pousada em busca das mochilas recém chegadas para organizar as armas que levariam consigo nessa empreitada.

Sorrindo para si mesmo, Johnny apanhou sua guitarra e foi ao encontro de Serginho, que agora brincava na areia com um Max que já aceitara a amizade fácil do grandalhão e claramente não tinha mais ciúmes.

SANGUE QUENTE

A mulher gritava histericamente no quarto ao lado. O homem amarrado com ela estava desacordado e o corpo de seu marido ainda se contorcia enquanto os mortos arrancavam os pedaços de sua carne com os dentes. Do menininho que ele devorara não restara nada além de ossos e alguns pedaços de cartilagem espalhados pelo chão em viscosas poças de sangue quente que começava a coagular. A garotinha ao lado dela apenas soluçava, em choque e medo. Ele iria saborear ela depois.

Arrastara consigo a outra mulher para a cozinha. Ali, naquela casinha simples, os azulejos antigos refletiam a luz do sol de um dia azul que se esgueirava preguiçoso pela manhã silenciosa. O único som que ecoava eram os berros incessantes daquela mulher insuportável, mas isso não o preocupava naquele momento. Ele tinha coisas mais interessantes para ocupar sua mente.

A outra, amordaçada diante de si, tinha os olhos arregalados na sua direção. Ele sabia que ela não compreendia o que via. Ele era um dos outros, dos monstros, mas não era o que ela esperava e aquilo a assustava tanto que ele sentiu o cheiro de amônia se espalhar pelas calças úmidas dela. Neste seu novo normal, havia deleite nisso, algo que provavelmente não o excitaria quando vivo. Ao menos não da mesma forma.

Ele se lembrava de estar no lugar dela, muito tempo atrás, enquanto Cristina o torturava com suas palavras cruéis antes de destruir sua carne. Ele não precisava daquilo. Não se importava o bastante com aquela estranha para se dar ao trabalho de se justificar a ela. Um Deus não precisava se justificar a ninguém. A nada.

Com uma das facas de carne que encontrara sobre a pia, abriu a carne do próprio braço como Cristina uma vez fizera, passando a lâmina sobre a cicatriz daquela lembrança vaga e sentindo fluir o sangue recém-nutrido com o menininho. Os olhos da mulher se arregalaram ainda mais em pavor extremo ao perceber que ele nem sentira quando a lâmina afiada lhe partiu o couro.

Aproximou-se dela, abrindo cortes finos nos seus braços cálidos. Ela apertava os olhos reagindo à dor a cada abertura, os gritos se tornando engasgados no muco de seu choro histérico. Ele esfregou o próprio sangue nas feridas abertas da mulher, acariciou seus cabelos loiros com a mão suja, empapando os fios de sangue quente e grosso e se sentou à frente dela, observando e aguardando. Sabia que aquele experimento era ridículo, infantil, mas era um começo e, sem recursos finos ou aparatos médicos, era tudo que ele poderia fazer.

Puxou a cadeira de espaldar baixo, recostando-se confortável, e ficou mudo, sem piscar os olhos leitosos, apenas assistindo a mulher, que agora chorava em silêncio sem compreender o que acontecia. Levou alguns minutos até que o corpo dela começasse a reagir.

Tudo começou com movimentos espasmódicos nos membros dela. Os braços, principais afetados pelos cortes imundos, e depois as pernas. O pescoço se tornou tenso, as veias se pronunciando em um grito calado de agonia. Ela jogou a cabeça para trás e ele viu os olhos verdes se revirarem, injetando de sangue rosado as finas veias sobre o fundo branco.

Em seguida, foram as convulsões. Ela já não parecia ter consciência plena do que lhe acontecia, tendo seu corpo tomado por reações puramente químicas, biológicas. O cheiro de urina se pronunciou mais fortemente, assim como o de fezes. Claramente, a mulher perdera qualquer controle sobre o próprio sistema.

Ele permaneceu imóvel, fascinado, encantado com o poder de seu próprio sangue. Aguardou ansioso o momento da mudança, o momento em que ela abriria os olhos e ele saberia que era como ele. Se ele tivesse um coração batendo, teria ecoado por todo o cômodo em frenesi.

Quando ela se tornou imóvel, ele soube que estava morta e que seria uma questão de tempo até que acordasse novamente, mas este momento não chegou. Seu sangue era poderoso demais para uma humana comum, tendo envenenado o sistema dela em segundos. Ele estava errado.

Sentiu o calor febril da raiva iniciar em seu rosto, mas estava acima das emoções humanas e sabia que aquele era apenas o começo de sua jornada. Subitamente, os gritos incessantes do quarto ao lado começaram a incomodá-lo e desejou internamente que alguém calasse aquela mulher de uma vez. Sua consciência coletiva, fiel a ele como jamais ninguém o fora antes, obedeceu ao comando de seu desejo e, em segundos, escutou o barulho molhado e delicioso da carne sendo penetrada pelos dentes podres de seus seguidores, rasgando o músculo daquela garganta incansável e finalmente permitindo que o silêncio reinasse em paz.

Com a energia recebida do garotinho, seu sistema rápido coagulou a ferida recente rapidamente. O corte em seu braço já começara a se curar. Ele sentiu fome, um desejo louco de cravar os dentes em algo puro, e foi em busca da garotinha macia, suas bochechas rosadas agora escarlates do choro e da tensão de presenciar a mãe sendo devorada ao seu lado. Ele comandou que se livrassem do homem desmaiado também e arrastou sua vítima consigo para outro cômodo. Preferia comer sozinho para poder realmente saborear aquela carne tenra sem interrupções. Mais do que uma refeição, aquele era seu orgasmo. Era um prazer particular que ele só gostaria de compartilhar quando descobrisse uma forma de criar algo à sua imagem e semelhança.

O VALE

Johnny e Penny saíram antes de amanhecer, armados até os dentes com suas pistolas carregadas e suas facas bem presas aos corpos. Caminharam por horas seguindo a trilha vermelha que Penny desenhara, aquela que levava à fonte de água. Seria uma bom local para a primeira pausa.

O caminho até lá fora silencioso. Estavam tensos, preocupados, tementes do que poderiam vir a encontrar. O risco dos vivos sempre fora mais intenso do que o dos mortos para ambos, e parecia haver um acordo silencioso entre ambos de que, juntos, não precisavam vocalizar o medo e podiam controlá-lo.

Encostaram no leito do rio bem abaixo da cachoeira, repondo a água de suas garrafas, hidratando seus corpos e lavando o suor que brotava de seus rostos. Quase não interagiam. Havia um conforto único no silêncio que eram capazes de compartilhar, uma compreensão que não exigia palavras. Uma calma que só existia entre si.

A trilha acabava ali. O restante do caminho seria desconhecido e Penny trouxera com ela trapos de roupas pretas para marcar o caminho de volta, como João e Maria com os pedaços de pão. Ela arrepiava ao se lembrar do destino dos personagens fictícios que ocupavam sua lembrança dos livros de infância, mas era a única forma que conseguira pensar de não se perder na mata densa.

Seguiram traçando uma linha reta. Johnny guiava o caminho enquanto Penny marcava a rota. A tensão crescia com a ausência de quaisquer sinais.

Embora a presença humana significasse riscos, ambos preferiam encarar logo de uma vez o perigo ao invés de ficarem se questionando o momento em que seriam atingidos. Tinham ambos esta personalidade mais ofensiva, jamais seriam capazes de sobreviver apenas no aguardo.

Caminharam algumas horas e, quando o sol alcançou o centro do céu, Penny percebeu que a densidade da mata começara a rarear. Surgiram algumas clareiras floridas, sinais de animais selvagens. Sentia que estavam chegando em algo diferente, embora seu conhecimento de geografia fosse limitado ao pouco que se lembrava das aulas de escola às quais não prestara muita atenção.

Ela caminhava atrás de Johnny e reparara que o pescoço dele tencionara, como se esperasse alguma mudança súbita. Ele parou onde estava subitamente, e ela soube que tinha razão, que alguma coisa mudara no cenário. Parou ao lado dele e compreendeu.

À frente deles, se estendia um enorme vale, uma cratera de terra, pedra e mata selvagem intocadas. Viam a copa das árvores abaixo de seus pés, indicando a profundidade imensurável daquele lugar. Olhando para os lados, não viam o fim do vale. Talvez recortasse a ilha ao meio, dividindo o terreno.

"Deve haver alguma forma de atravessar, uma ponte ou algo do gênero."

"Vamos ter que escolher um lado para seguir." – a voz dele tentava projetar segurança.

Viraram para a direita, acompanhando a formação natural do vale. Caminhavam por dentro da linha das árvores, protegendo-se da exposição à quaisquer perigos que pudessem surgir da outra margem. Seguiram longos quilômetros sem nenhum sinal de vida ou de uma construção que permitisse atravessar aquele declive. Penny sentia os músculos começarem a reclamar e não queria estar ali quando a noite caísse.

"Johnny, acho que devemos começar o caminho de volta."

"Precisamos ver o outro lado ainda, Penny. Descanse um pouco, coma alguma coisa e vamos continuar."

Sabia que ele tinha razão. Retornar agora somaria apenas horas desperdiçadas. Ela se hidratou e se alimentou. Sentada na relva, tirou as botas e massageou os pés cansados. A expressão dele era séria, não tinha mais nenhum traço daquela alegria juvenil do reencontro do dia anterior. Penny descobriu que ainda se impressionava o quão rapidamente ele podia mudar diante de seus olhos.

Logo, estavam novamente em pé caminhando em silêncio até alcançarem a marcação que indicava o local onde tinham chegado ao vale. O lado esquerdo se pronunciava imponente diante deles e a tarde caía, o sol se abaixando no horizonte.

Johnny viu o sol começar a descer e virou-se para Penny, observando-a colocando atrás da orelha dela alguns fios de cabelo rebeldes que haviam se soltado do rabo de cavalo, o rosto avermelhado de exaustão.

"Vamos voltar, contar para os outros o que descobrimos e traçar um plano melhor. Vai anoitecer em breve. Precisamos descobrir também se o Serginho e nossos novos amigos tem algum habilidade especial que possa nos ajudar."

Ela sorriu pra ele, aliviada em começar o caminho de volta mas sem reclamar. Seguindo a trilha já traçada em preto, pareciam mais relaxados do que pela manhã, o silêncio quebrado e trazendo de volta a cumplicidade ímpar que compartilhavam.

"Ele gosta muito de você, sabia? O Serginho. Tinha certeza de que te encontraria e não desistiu de jeito nenhum."

"Ele é meu melhor amigo no mundo. Ele e o Max, é claro. Achei que nunca mais o veria, nem consigo explicar o que foi ver aquele sorrisão apontando pra mim. Sério."

Foi então que Johnny viu um sorriso triste se formar nos olhos dela e soube imediatamente que estava pensando no marido e no reencontro que jamais aconteceria e nas pessoas que perdera pelo caminho nestes incontáveis meses que passara em constante estado de alerta. Por um instante, pensou em como eles se conheciam tão bem que a menor mudança de expressão imediatamente os fazia reagir, mas voltou ao mundo real lembrando que este momento não era sobre si:

"Ei, não fica assim." – Johnny parou de caminhar e se virou na direção dela, a mão tocando sua face suada com toda a delicadeza que conseguiu encontrar.

"Tá tudo bem, não se preocupe. O passado está no passado, certo?"

"Certo."

"Então vamos voltar, daqui a pouco vai anoitecer que eu quero chegar pelo menos até a cachoeira enquanto ainda temos luz."

Sem dizer mais uma palavra sobre o assunto, Johnny estendeu a mão indicando o caminho e permitindo que Penny o guiasse o restante do caminho de volta.

VAMPIROS E LENDAS

Sentia-se frustrado com as tentativas de trocar seu sangue com suas vítimas. Tentara algumas vezes depois da primeira, selecionando humanos diferentes. Homens e mulheres, adultos e crianças, brancos e negros. Alguns resistiam mais do que outros, mas invariavelmente eles sucumbiam à força inegável de seu sistema corrosivo e o que restava não era útil nem como fonte de alimento para ele, com veneno corroendo veias já paralisadas, sendo deixados como presentes para sua horda de seguidores fieis.

Continuou seu caminho pela estrada do litoral, caminhando sem pressa. Enquanto tinha rastros de Cristina para seguir, não estava preocupado. Tinha certeza de que aquela desgraçada sobreviveria aos pequenos contratempos de mortos pelo caminho dela o bastante para que ele a alcançasse e executasse seu julgamento. Todos os mortais estavam sujeitos à ele agora.

Queria que ela se sentisse segura, que ela o esquecesse. Queria ser o grande final da jornada dela, como o clímax de um livro bem escrito. Quando a suposta heroína sem graça menos esperasse, lá estaria ele, nas sombras, pronto para sair vitorioso no final. E com o gosto dela nos lábios. Assim, caminhava sem pressa, dando tempo para ela amadurecer. Ele não era mais aquele humano frágil que ela dominara tão facilmente. E nenhuma vagabunda teria chance contra um Deus. Muito menos aquela. Conhecia as dores dela, conhecia seus medos e seus traumas. A morte era pouco, queria que ela sentisse todas as formas de tortura antes de sucumbir. Queria devolver-lhe o favor que ela o fizera.

Enquanto suas pernas caminhavam, seus músculos sequer sentindo o esforço que fazia, seguido por uma legião de monstros que se arrastavam debilmente em seu encalço, sua mente trabalhava em paralelo, tentando encontrar novas soluções para sua problemática.

O contato direto entre os sangues parecia o bastante para espalhar a infecção, mas ele entendia que esse poder deveria ser diluído para que vítima pudesse sobreviver. A saliva era diluída demais, não passando para o novo sistema os poderem que apenas ele ganhara.

Continuou insistindo no poder da vida transferido pelo vermelho pulsante de células vivas do sangue e, enquanto se alimentava de um dos mortos comuns que cruzara seu caminho, sentiu o negro viscoso que escorria por seu queixo enquanto suas presas perfuravam a garganta frágil e a ideia lhe surgiu.

Existia uma razão pela qual a humanidade criara lendas que os aterrorizavam. Sim, aquilo fazia sentido. Da mesma forma que ele absorvia a vida dos humanos consumindo o sangue deles. As lendas clássicas eram claras: Quando os vampiros consumiam suas vítimas, elas pereciam, mas quando ele as alimentava, fornecendo seu sangue nos lábios frágeis e sedentos, derramava a sua própria vida para dentro delas, tornando-as suas iguais. Este era o segredo. Ele consumia a vida deles e, para transformá-los em criaturas superiores, precisaria compartilhar a si mesmo, sua essência, sua força, uma fração ínfima de seu poder, o bastante para mutá-los, mas não para lhes dar a plenitude que ele próprio alcançara. Doses homeopáticas, uma vacina contra a humanidade – apenas o suficiente do veneno para torna-los mais fortes.

Essa, sim, era a inspiração da caçada, que o fazia se mover mais veloz, mais feroz. Saiu à caça não de Cristina, mas do cheiro suave de qualquer ser humano vivo que estivesse escondido ao redor, qualquer um que tivesse a disposição e a estrutura física para receber seu presente.

Em alguns quilômetros, se deparou com a praça de uma cidadezinha pequena, daquelas pouco habitadas, e sentiu emanar a praça o sabor tenro da carne fresca e pulsante.

Encontrou a origem daquela fonte de vida exalar pelas frestas dos vitrais coloridos de uma igreja católica. Fiéis tolos amedrontados buscando redenção naquilo que acreditavam ser Deus. Pois bem, se era Deus que eles queriam, ele lhes daria um Deus a seguir. Digno de adoração, muito mais do que a ficção tola de um livro que consideravam sagrado apenas para poderem coexistir com sua própria inutilidade.

Ordenou mentalmente que sua própria assembleia se espalhasse ao redor dos muros da igreja para evitar que os sobreviventes tivessem qualquer chance de escapar e arrebentou a porta principal de madeira com o pé, entrando no corredor central imaculado, caminhando sobre o carpete bordô como quem retornasse à própria casa. Aquilo não lhe poderia ser mais apropriado. Ainda que tivesse deixado suas ambições humanas no passado, havia algo de muito sedutor na teatralidade que aquele momento oferecia.

Escutava os corações disparados reagindo ao barulho de sua entrada triunfal e aos grunhidos famintos que os cercavam. Aquilo o excitava de uma forma que apenas jovens vagabundas em banheiros públicos eram capazes de fazer durante os trinta e quatro anos de sua antiga e patética vida mortal.

Sentia vontade de assobiar de felicidade com sua brilhante ideia, mas resistiu ao impulso. Tocou a porta de madeira que levava ao escritório principal da sacristia, a origem daquele medo que vibrava das paredes e acariciou a porta com as unhas, assombrando, torturando, provocando. Queria sentir seus corações desesperados explodirem de adrenalina e pavor. Não eram tementes a Deus? Pois ele lhes daria um bom motivo para temê-lo.

DIAS DE TREINAMENTO

Quando Penny e Johnny finalmente alcançaram a pousada, o grupo andava ansioso de um lado para o outro na linha das árvores esperando por eles. Apenas Max permanecia imóvel, o rostinho deitado sobre as patas, o rabinho imóvel, apenas aguardando. A ansiedade estampada nos enormes olhos ansiosos que acompanhava os passos nervosos de seus companheiros humanos. O grupo soube que os dois haviam retornado antes de aparecerem, quando Max se levantou e disparou ao encontro do cheiro de Johnny que saía da floresta.

Serginho parecia muito próximo de um ataque cardíaco. Rogério e Marcela estavam profundamente preocupados, mas seguraram suas emoções. Diego e Vitor estavam mais isolados, apenas aguardando.

"Cara, onde vocês se enfiaram? Eu já tava quase saindo atrás de vocês mas esses dois não deixaram!" – Serginho apontou Marcela e Rogério com o queixo e foi ele quem respondeu.

"Eu não queria ninguém entrando sozinho na floresta à noite. Especialmente agora que não sabemos nem o que estamos procurando!"

"Tá tudo bem, gente. Mas precisamos conversar." – Johnny segurou o cotovelo do velho amigo, firme, mas sem força, em um gesto de confiança.

Se ajeitaram na varanda da pousada, Rogério assava algum roedor desconhecido que havia caçado mais cedo em uma churrasqueira improvisada com tijolos que encontrara nos primeiros dias e os outros se sentaram para discutir.

Foi Johnny quem iniciou a conversa.

"Nós ficamos muito preocupados quando disseram que havia sinais pelo continente orientando as pessoas para virem pra cá."

"Preocupados por quê? Quanto mais gente melhor, não é mesmo?" – Serginho parecia confuso com a afirmação do amigo. Sorrindo diante da pureza do raciocínio dele, Penny respondeu da forma mais calma possível.

"Nós encontramos muitas pessoas por aí, Serginho, e a maioria delas não era muito legal. De verdade, essa praga deixou muita gente meio louca. Muito mais do que era de se esperar."

"Nossa principal preocupação é que tentem nos tirar à força o que estamos construindo aqui. Muito sangue já foi derrubado por muito menos, entende?" – Johnny sabia que o amigo perceberia sua preocupação na voz levemente fraca que escapava de seus lábios.

"Tá, mas o que isso tem a ver com o sumiço de vocês hoje? O iate está ancorado no mesmo lugar que eu deixei, vocês não foram ao continente." – Marcela se sentiu excluída, mas tentou ser racional.

"Não, nós fomos vasculhar a ilha."

"Por quê?"

"Porque seja quem for que esteja fazendo promessas de um santuário conhece este lugar, e essas placas não estavam lá quando nós chegamos. Essas pessoas podem estar aqui e nós não queremos ser surpreendidos."

"Vocês encontraram alguma coisa?"

"Nenhum sinal de gente, mas nos deparamos com um vale enorme que divide a ilha no meio."

"Andamos quilômetros e não chegamos ao final desse vale."

"E qual é o problema? Não entendi."

"Essas pessoas podem estar do outro lado."

"Então não tem problema, ué. Eles ficam lá, a gente aqui e ninguém atrapalha ninguém."

"Não tem como sabermos por quanto tempo isso funcionará. Ou se eles concordariam com esta paz por muito tempo."

"Não sabemos quem eles são, quais os recursos que tem ou do que são capazes."

"E tem os problemas da sinalização. Não podemos dar conta de dezenas de pessoas aparecendo aqui em busca de salvação. Mal temos os recursos para sobreviver do jeito que estamos, tivemos que ir até o continente em busca de coisas novas."

"Não podemos só tirar os cartazes?"

"Eles vão colocar outros. Precisamos acabar com isso, cortar pela raiz mesmo."

"Como vamos fazer isso?" – Diego finalmente se manifestou depois de escutar silenciosamente toda a análise de Johnny e Penny.

"É por isso que chamamos todos aqui. Precisamos entender a forças de cada um e nos planejar, traçar nossa estratégia."

"Estratégia de defesa?" – Vitor parecia preocupado quando a pergunta deixou seus lábios. A resposta veio de Penny:

"E de ataque."

*** *** ***

Rogério, Marcela, Johnny e Penny já conheciam suas principais habilidades, mas precisavam agora analisar os novos membros do grupo. Johnny se encarregou de ensinar todos a atirar, com Rogério focando nos tiros de longa distância.

Vitor mostrou muita destreza com as armas de curto alcance. Não era tão bom quanto Johnny, mas seria um ótimo parceiro. Já Serginho, à distância, tinha ainda mais talento do que Rogério, formando uma dupla imbatível em longo alcance.

Diego, com seus dedos longos demais e seus braços desengonçados, não tinha destreza com nenhum tipo de arma, nem mesmo as brancas que Penny tentara ensiná-lo a manusear, algo que a ajudara quando as armas de fogo lhe falharam.

No início, Johnny se preocupou em colocá-lo em combate, mas Penny percebera outra coisa nas conversas que tiveram durante as tentativas de treino com facas. Diego era extremamente inteligente, completamente fora do comum. Ele falava ininterruptamente sobre história, sobre as guerras que estudou, os grandes ditadores. Penny percebeu que ele seria a pessoa ideal para analisar a situação e usar táticas de guerra reais no ambiente que encontrassem, independente de qual fosse. E fez questão de levar isso a Johnny antes de falar com o próprio Diego. Outro acordo silencioso que surgira entre os dois era uma confiança absoluta acima de qualquer outro aliado.

"Ele é fraco, Penny, ele só vai nos colocar em perigo e gastar munição. Isso se não acabar nos colocando em perigo para tentar salvá-lo."

"Ele não precisa entrar em combate. É isso que estou tentando dizer. Ele não vai ser de ajuda prática, mas na teoria ele é um gênio."

"Na teoria?"

"Você precisa escutar ele falando. Ele vê as guerras como um tabuleiro de xadrez, consegue prever movimentos antes que o adversário sequer pense em fazê-los. Ele conhece história e geografia como nenhum de nós."

"Vamos ver se ele topa, então."

"Algo me diz que ele vai ficar aliviado, especialmente se não precisar entrar na linha de frente."

O SERMÃO

Ele girou a maçaneta lentamente e a porta cedeu sem resistência. Escutou o choro da menina adolescente que se agarrava ao homem de colarinho branco e cabelos grisalhos. Por um instante, percebeu o olhar do padre se aliviar, acreditando que havia encontrado outro ser humano, mas foi tão momentâneo que apenas um ser superior como ele poderia ter registrado essa mudança repentina nos batimentos cardíacos do padre e que se perdeu no instante em que o homem viu suas feições destruídas e as cicatrizes que ainda se pronunciavam esbranquiçadas sobre a pele dele.

Pela primeira vez, sentiu a necessidade de dizer alguma coisa e, fazendo seu caminho lento aos dois corpos que tremiam abraçados e encolhidos sobre o carpete dourado, escondidos atrás da mesa de madeira esculpida, pronunciou em sua voz imponente.

"No princípio criou Deus o céu e a terra. E a terra era sem forma e vazia; e havia trevas sobre a face do abismo; e o Espírito de Deus se movia sobre a face das águas. E disse Deus: Haja luz; e houve luz. E viu Deus que era boa a luz; e fez Deus separação entre a luz e as trevas. E Deus chamou à luz Dia; e às trevas chamou Noite. E foi a tarde e a manhã, o dia primeiro."

Reconhecendo a citação bíblica, os olhos do padre tremeram em pavor. A menina sussurrou para si mesma, inaudível até mesmo para o homem ao qual se agarrava em desespero:

"Meu Deus...."

Ele se ajoelhou, aproximando seu rosto da face pálida do padre e acariciando os cabelos da adolescente cujo rosto se escondia no peito coberto pela batina, sussurrando no ouvido dela enquanto encarava os olhos do homem com um sorriso malicioso nos lábios.

"EU sou seu Deus agora."

Ele puxou a menina pelo cabelo, arrastando-a consigo para fora do escritório pelo couro cabeludo enquanto era tentava se agarrar às mãos dele em vão. Tremendo e em choque, o padre simplesmente ficou onde estava, deixando que ele arrastasse a menina que se debatia e gritava palavras sem sentido.

Deixou que os mortos entrassem por todas as portas, tomando cada centímetro da igreja exceto pelo altar. Escutou com um sorriso doentio nos lábios finos os gritos do homem quando foi devorado e a menina berrava cada vez mais alto sempre que sentia sua pele ser tocada por uma das criaturas que agora transbordavam ao seu redor, ainda que nenhuma a tivesse ferido.

Ele a arrastou até a mesa de mármore branco do altar, segurando-a no lugar sem muita força. Ela não tentaria escapar enquanto um oceano de zumbis os cercava. Tomou em suas mãos um cálice de ouro maciço que repousava intocado sobre um manto no mesmo tom púrpura do carpete e, cravando os dentes no próprio antebraço, deixou seu sangue, vermelho e escuro, mais grosso do que o de qualquer criatura viva, correr livremente para dentro da taça empoeirada encrustada de pedras coloridas.

Diante da cena, a voz da jovem morreu na garganta, um grito mudo engasgado no peito. Estava em choque. Era a primeira vez que encarava os olhos daquele homem que a arrastara da proteção divina.

Sua pele era acinzentada e emborrachada, mas não tinha o aspecto macilento das outras criaturas que os cercavam. Os olhos eram inexpressivos e levemente desbotados, mas não tinham o mesmo tom leitoso e esbranquiçado dos outros. Seus movimentos eram mais do que humanos, eram leves. Ele falava, ele sorria. Ele se deleitava com tudo ao seu redor. Sua expressão era de prazer.

Com a taça cheia de sangue pela metade, ele agarrou novamente os cabelos dela, puxando sua cabeça para trás.

"Abra a boca."

Olhando os olhos cruéis pousados sobre ela, simplesmente obedeceu. Eele levantou a taça, virando o conteúdo em sua garganta.

"Beba."

O líquido era grosso, quente. Um líquido aveludado e viscoso escorria contra a vontade dela por sua garganta, escapando pelo canto dos lábios. Sentiu o estômago embrulhar, mas resistiu e obedeceu ao homem. Os olhos dele brilhavam em sua direção.

Ele recolocou a taça sobre a mesa, agora coberta de rastros de algo que se assemelhava a sangue. O líquido tomara tudo que ela era. Estava coberta pela substância, escorrendo pelo queixo, deixando rastros pela roupa. Ela engoliu novamente, tentando tirar da boca os restos daquele brinde infernal. Foi quando ele cravou a boca dele na dela em uma forma distorcida de celebrar sua versão macabra de um casamento.

Sentiu o corpo dela amolecer em seus braços e afastou-se, observando o corpo da menina envenenada desistir de lutar contra a morte aos poucos e ceder aos poder dele próprio, caindo inerte no carpete já imundo.

Tomado por um ódio indescritível, teve de satisfazer-se em apenas devorar a carne da adolescente, embora o gosto que sentira já não fosse mais completamente humano.

COVA RASA

Depois de alguns dias de treinamento intenso liderados por Johnny, tiraram um dia de folga para descansar os corpos antes de recomeçarem o trabalho iniciado por ele e Penny em busca dos rastros que os levassem aos estranhos propagandistas da ilha.

Aproveitaram para brincar com Max, comer os churrascos improvisados de Rogério e tomarem banho de mar como não faziam desde crianças. Em alguns momentos, sentiam-se normais novamente. Marcela tirou algumas horas para cuidar da sua pequena horta. Serginho e Johnny tocaram guitarra relembrando os tempos em que dividiam palcos underground de São Paulo. Vitor e Penny vasculharam o pequeno estoque de livros disponíveis pelos cantos da pousada até escolherem títulos que os interessassem. Diego passeava entre todos do grupo conhecendo-os melhor e descobrindo um pouco mais sobre as novas pessoas de sua vida.

Penny foi a primeira a despertar na manhã seguinte, utilizando um velho truque de acampamento de seu pai para garantir que não perderiam muito tempo de luz pela manhã. Bebera um litro inteiro antes de dormir e foi acordada pela própria bexiga.

Já aliviada, voltou para o quarto e acordou Johnny para que, juntos, fossem chamar os outros em seus quartos. Não podiam deixar o acampamento completamente vazio, de modo que Marcela, Rogério e Serginho ficaram para trás por sugestão de Diego, que acreditava que atiradores de longa distância não seriam tão úteis na mata fechada quanto na área descampada da pousada. Ele próprio se deixaria para trás, mas queria entender bem a geografia local antes de fazer qualquer sugestão estratégica, se sentindo muito responsável pelo destino do grupo depois de conhecê-los melhor. Os laços de amizade se formaram rapidamente uma vez que descobriram o vínculo já existente de confiança entre membros de ambos os grupos.

Seguiram a mesma rota que Johnny e Penny fizeram anteriormente, parando para se recompor na cachoeira antes de trocar a trilha vermelha pela trilha preta na direção do vale. Acompanhados de Vitor e Diego, o grupo se movia mais lento do que da primeira vez e Johnny fez uma nota mental de que precisava incluir exercícios de resistência no grupo antes de decidirem ir a combate.

Alcançaram o vale e, desta vez, escolheram seguir pelo lado esquerdo, ainda desconhecido. A meta deles naquele momento era descobrir se havia uma conexão entre as margens opostas do vale e retornar para a pousada antes do fim do dia. Ainda não estavam preparados para acampar a noite inteira no desconhecido.

Com o Sol a pino, Vitor já reclamava de cansaço quando Penny parou o grupo com um movimento brusco do braço, os olhos espremidos em uma direção fixa. Havia avistado algo diferente, algo que não deveria estar lá. Sua voz saiu como um sussurro:

"Gente, estão vendo aquilo?"

"Vendo o quê?"

"Ali, atrás da copa daquela árvore mais clara. É a ponta de uma escada?"

"Onde?"

"Na outra margem. Estão vendo? Ali, do outro lado."

Os olhos curiosos dos três acompanharam a direção do dedo dela. Havia realmente, entre a copa das árvores do vale, uma estrutura de madeira velha, escurecida, claramente atingida pelos fatores do tempo e da natureza.

"Deve ter alguma coisa lá embaixo."

"Será que essa gente vive dentro do vale? Escondidos pela vegetação?"

"Talvez, não temos como saber dessa distância."

Arranjando forças musculares que nem sabiam que ainda possuíam, dispararam em uma corrida veloz até a altura da escada. Não conseguiam alcançá-la sem atravessar a cratera, mas agora não havia dúvidas de que era, de fato, uma escada de madeira que se pronunciava discreta entre a folhagem densa.

Penny se inclinou sem sucesso tentando enxergar pelos vãos dos galhos. Frustrada, deitou na relva e tentou afastar a vegetação mais próxima, mas era inútil. A corrosão do solo criara diferentes escalas de árvores em tamanhos variados, gerando inúmeras camadas verdejantes que protegiam o que quer que estivesse ali.

"Eu vou descer lá." – Penny soou decidida.

"Ah, mas não vai MESMO." – Johnny foi ainda mais categórico.

"Não foi pra isso que viemos até aqui?"

"Não funciona assim. Vamos com calma. Não sabemos o que podemos encontrar lá."

Ela estava pronta para argumentar quando foi interrompida por Diego, com a voz suave e factual.

"Penny, ele está certo. Olha essas árvores. Pode ser que você morra com uma simples queda, quebre uma perna ou qualquer coisa assim, o que realmente seria pior sem os recursos para te ajudarmos. Isso não vai ajudar. Vamos decidir isso com calma."

As palavras do garoto quase desconhecido para ela foram suficientes para acalmá-la. Não fora ela que defendera a mente estratégica dele? Então seria melhor se simplesmente acatasse sua opinião.

"Muito bem, o que vocês sugerem, então?"

"Vocês tem uma corda ou algo do gênero lá na pousada?"

Johnny abriu a mochila e tirou de dentro um rolo de corda azul que tirara do iate quando o vira sobressalente em uma das cabines abandonadas.

"Pronto, é simples. Amarramos a corda em uma dessas árvores maiores aqui de cima e as pessoas que forem descer até a base do vale o fazem presas à corda, por segurança."

Contrariado e sem destreza física, Diego nem se ofereceu para descer e Vitor foi designado por fazer a vigia do alto enquanto os outros desciam. Penny foi primeiro sob protestos de Johnny, que não conseguira dobrar o posicionamento firme da namorada e sabia admitir quando tinha perdido uma batalha. Ela foi se comunicando com eles o caminho todo até sentirem a corda se soltar para que pudessem içar Johnny para baixo. Depois que ela alcançara o chão, porém, se tornara muda, deixando Johnny impaciente, inquieto e preocupado. Amarrado à corda, desceu o mais rápido que pode a encosta do vale se apoiando em árvores pelo caminho sentindo sua tensão aumentar com cada segundo de silêncio dela.

Quando a alcançou, teve tempo de um único suspiro aliviado antes de compreender o choque que a tornada muda. Ali, ao pé do vale, descobriram algo muito pior do que um grupo de sobreviventes escondidos. Encontraram uma enorme cova rasa chafurdada de cadáveres humanos se liquefazendo lentamente sob a umidade e falta de cuidado dos monstros que os desovaram. Monstros que, claramente, eram humanos e bastante vivos.

A escada de madeira se erguia do meio da pilha de cadáveres, os mais recentes no topo dos mais antigos. Johnny segurou a mão de Penny que sequer reagiu ao seu toque, tamanho era o choque. Ele reparou que ela olhava fixamente, um pouco boquiaberta, para dois corpos específicos, um sobre o outro. Eram crianças, e não deveriam ter mais de quatro anos de idade cada uma. Ambas com rombos enormes na parte de trás de suas pequeninhas cabeças. Nenhuma marca de mordida era visível nos corpos menos decompostos. Aquilo não fora uma limpeza da região. Aquela cena diante dos olhos deles representava uma chacina. Johnny pronunciou as únicas palavras que foi capaz.

"Precisamos dar o fora daqui. AGORA."

UM MOMENTO DE CLAREZA

Estava sentado sobre uma cama de motel barato à beira de uma praia qualquer no meio do caminho. Tudo naquele lugar exalava o cheiro de flores, o cheiro de madeira e cachorro molhado. Não saberia dizer a razão, mas a junção daqueles perfumes se misturando sobre os lençóis abandonados lhe fervia o sangue sob a pele.

Ninguém mais habitara aquele quarto desde que ela o deixara, e agora ela estava impregnada em tudo. Deitado na cama, com os olhos fechados, era como se estivesse de volta ao passado, revisitando tudo que o feriu. Podia ver com a mente as imagens embaçadas dela enquanto a brasa do cigarro queimava em seus dedos curvos.

Aquilo estava além de seu controle. Ainda que ele se sentisse um Deus entre os humanos, o poder que aquela garota exercia sobre ele era demoníaco. Ele ansiava por Cristina, pelo momento e que teria suas mãos sobre o corpo frágil, acariciando a pele cálida, traçando o contorno de suas tatuagens com a ponta dos dedos, sentindo o gosto dela com sua língua úmida, respirando seu perfume florido e estalando sua traqueia com as mãos, sentindo a vibração oca dos ossos se partindo e o sangue fluindo pela boca carnuda.

E foi ali, com os olhos cerrados, acariciando a si mesmo no deleite de sua imaginação, que ele entendeu finalmente a razão pela qual todas as suas tentativas haviam sido falhas.

Ele não fora transformado em um Deus, ele fora reencarnado como um. Ele jamais poderia transformar algo mundano em divino, precisava dar vida a ele. E Cristina seria o receptáculo ideal para essa missão. Seria perfeito. Em sua vingança, ele a tornaria parte de algo muito maior. Muito além de lhe tirar a vida, ele arrancaria de seu ventre uma vida nova, divina. E depois tiraria a dela, diante dos olhos novos desta criação.

Seu desejo de encontrá-la se tornou imediatamente insuportável, mas se forçou a controlar seus anseios. Precisava ter calma, precisava se mover no momento certo. Precisava se certificar de que ela se sentisse segura.

Assim como ela o destruiu lentamente, seduzindo-o e lhe dando esperanças antes de arrancar dele tudo que ele era, ele devolveria a ela a mesma desesperança devastadora que ele experimentara na solidão de seu esquecimento.

Precisava se manter forte, precisava estar viril e humanizado o bastante para poder fecundar a vagabunda. Precisava se alimentar de vivos e deixar os mortos para sua legião. Precisava se rebaixar e ceder à sua humanidade para poder alcançar um novo patamar de sua própria divindade.

Decidiu deixar o litoral por enquanto, procurar uma cidade outrora populosa e seus arredores repletos de sobreviventes desgarrados em seus grupinhos patéticos, impotentes diante dele.

Utilizando sua rede de conexões mentais, agora espalhada pelo caminho, comandou que eles o guiassem para os locais corretos, permitindo que eles se alimentassem de todos os adultos, mas mantivessem as crianças vivas e saudáveis para ele. Sentia nas veias a diferença entre o que absorvia de uma criança, ainda pura e intocada pelo tempo e pelos vícios da humanidade. Sangue virgem, limpo e puro. Só a lembrança o fazia pulsar em antecipação.

Iria tornar-se ainda mais olímpico. Quando finalmente decidisse que chegara a hora dela, seria o modelo da perfeição, um predador inabalável. Devoraria seus amigos, destruiria seu cachorro, torturaria seu amante amadeirado. E a faria assistir. A faria sentir cada pequeno traço de humanidade ser arrancado dela com maestria e só então começaria com ela. Queria as lágrimas dela novamente, um deleite que apenas tivera quando humano, antes de entender o valor real de algo tão simples.

Voltou para a estrada, deixando o rastro dela para trás, seguindo sua multidão de fiéis desmiolados em busca de sangue, de vida. Quanto à Cristina, permitiria que ela tivesse sua calma antes da tempestade, deixaria ela se apaixonar e reconquistar sua humanidade para apenas então torná-la a origem de todo o mal do mundo. Ela lhe dera esta vida nova e ele retribuiria o presente.

A MELHOR DEFESA

Saíram da mata correndo com tanto desespero que Rogério quase abriu fogo em cima deles achando que estavam sendo atacados. Ofegantes e exaustos, Vitor e Diego caíram de joelhos sobre a areia, olhos arregalados e mãos trêmulas. Lágrimas de desesperam escorriam despercebidas pelos rostos suados.

"O que aconteceu? Vocês acharam os outros?"

Johnny ainda ofegava, os olhos vidrados em Penny que ainda apresentava sinais de choque. As mãos sobre o ventre sentindo o corpo latejar, a lembrança física do pequeno corpo de Mia desfalecida em seus braços assombrando-a dentro de cada músculo cansado. Foram de Johnny as primeiras palavras:

"Não, muito pior do que isso."

"O que poderia ser pior?"

"Nós encontramos os restos deles."

Pela primeira vez desde que seus pés tocaram o piso daquela cova de dejetos humanos, Penny abriu a boca novamente. Ao contrário do que Johnny esperava, sua voz era firme.

"É por isso que estão sinalizando o continente."

"Como assim?"

"Eles não estão oferecendo segurança, estão recrutando vítimas. Gado para abate."

"Não podemos ter certeza." – Vitor se recusava a acreditar em tudo aquilo.

"Você viu o mesmo que eu, Johnny. Tinham famílias inteiras ali e nenhum sinal de mordida. Eles não foram mortos para controlar a infecção. Foram mortos por seres humanos com motivos humanos e nós dois sabemos muitos bem o que essas pessoas são capazes de fazer."

"Você acha que eles são como o pessoal da mansão?"

"Não. Acho que são piores. Muito piores."

"Como? Como podem ser piores do que aquele filho da puta que te manteve presa durante semanas te estuprando e fazendo você literalmente comer seu melhor amigo?"

"Os corpos estavam inteiros. Todos eles. Homens, mulheres e... E crianças."

"E daí?"

"Eles não os estão comendo. Não tem nada a ver com sobrevivência. Estão matando por que podem."

A discussão dos dois foi interrompida pelo barulho inconfundível de vômito. Escutando as palavras dela, Diego não conseguiu segurar seu próprio metabolismo.

Com um último olhar significativo para Johnny, Penny foi ao encontro dele, acariciando sua nuca e tirando uma garrafa de água fresca da mochila, colocando-a em sua mão.

"Obrigado."

"Diego, você vai ter que me desculpar, mas eu vou ser brutalmente honesta com você. Tá bom?" — Ela se ajoelhou ao lado dele para que pudessem se encarar de frente.

Ele não respondeu, mas, sorvendo a água em pequenos goles, direcionou seu olhar a ela como permissão.

"Não podemos ter entre nós alguém que vá hesitar em fazer o que precisa ser feito. Preciso que você fique mais duro, e preciso que isso aconteça imediatamente. Não apenas por nós, mas por vocês também. O mundo que a gente conhecia não existe mais e vocês precisa de adaptar para sobreviver a ele. Consegue fazer isso?"

Ele ficou mudo por alguns instantes, sentindo os olhares de todos fixos nele, aguardando uma resposta.

"Consigo." – Tentou endurecer sua voz o máximo possível, mas não conseguiu completamente.

"Você é uma peça chave aqui. Entende isso?"

"Entendo."

"Não sei o que vocês passaram para chegar aqui ou o que tiveram que fazer, mas você vai ter que se distanciar de qualquer senso de moral. Não vamos ter diálogo com essa gente. Precisamos matá-los sem nos questionarmos e precisamos fazer isso agora. Você percebe isso?"

Ele acenou positivamente.

"Precisamos que você coloque essa cabeça genial para funcionar e monte a melhor estratégia da história."

"Para nos proteger?"

"Não." – Ela pausou um instante para garantir que ele estivesse prestando atenção. - "Para atacar."

Johnny a interrompeu, com a mão em seu ombro:

"Penny, é cedo demais. Nós não estamos prontos. Havia mais de uma centena de cadáveres ali e nós somos apenas sete." – Max latiu para ele, que se corrigiu. – "Oito."

"Se eles não sabem que estamos aqui ainda, vão descobrir em breve, Johnny."

"Estamos aqui há semanas e não vimos nenhum sinal deles. Acredito que temos um pouco de tempo para nos preparar."

"E se alguém chegar aqui no meio tempo? Aparecer em algum barquinho seguindo placas pela estrada?"

"Então nós os treinaremos também. Se eles quiserem um santuário, terão de lutar por ele como nós."

<u>OS OUTROS</u>

Mais uma vez, precisavam fazer aquela desagradável viagem ao fosso. Sim, era divertido. Sim, havia um prazer inenarrável em fazer o que bem entendiam, mas aquela viagem era tão cansativa, tão longa e tão desnecessária. Por que não arremessar esses corpos ao mar e deixar que a correnteza se livrasse deles? Por que ir até o vale em missões de desova? Era um desperdício de combustível fazer essa viagem longa, deviam simplesmente encontrar um lugar mais próximo ao forte. Mas Vinícius não era o tipo de cara que iria reclamar, não quando estava tirando o melhor daquela situação. Sim, ele se incomodava com o cheiro e com o desperdício de tempo, mas não era como se precisasse realmente fazer alguma coisa além de acompanhar os homens de sua equipe e distribuir ordens enquanto aguardava no conforto do banco do passageiro do jipe.

Não se dera ao trabalho de aprender os nomes daqueles homens. Nada mais eram do que trabalhadores braçais descartáveis carregando corpos, dirigindo o jipe, protegendo-o de quaisquer ameaças que pudessem encontrar na mata. E tudo que precisavam era de um pouco de recursos e diversão. E se discordassem sabiam que terminariam na cova eles mesmos, e que sempre haveria outros só aguardando para assumir seus lugares. Pão e circo. E medo. Sempre funcionava.

O sol estava mais forte nos últimos dias e ele agora se recostava com os olhos fechados tentando esquecer o cheiro do fosso que o cercava enquanto os homens ao seu redor se moviam carregando os cadáveres da última semana e arremessando-os no vale. Discutiam entre si qual deles desceria a escada para garantir que estava tudo em ordem, nenhum deles muito à vontade com a visão das consequências de seus atos. Era sempre assim. Na hora da diversão, ninguém se preocupa com a faxina do dia seguinte. Pois este era o preço.

O escolhido da vez foi um jovem de vinte e poucos anos e pinta de universitário, daqueles que nunca estudou um dia na vida, mas fumou toda a maconha que apareceu na sua frente durante a vida fácil de filhinho de papai. Esse tipo era bastante comum por ali, sempre dispostos a pagar por uma boa bagunça e entorpecentes vagabundos.

Com os olhos fechados, Vinicius soube o momento em que o garoto desceu as escadas por causa do silêncio que se instalara, todos aguardando o garoto que, invariavelmente, acabaria vomitando em seu retorno. Aquele cheiro de morte era realmente desagradável e afundar-se nele tinha efeitos inevitáveis. Não conseguia pensar em uma palavra para descrever, mas era realmente único. O barulho do vômito não veio. Ao invés disso, Vinicius sentiu um toque leve no seu ombro e uma voz tímida a chamá-lo.

"Chefe? Acho que o senhor vai precisar vir aqui um minuto."

"Eu não quero ser incomodado se não for absolutamente necessário. A parte desagradável é de vocês. Achei que já tinha deixado isso bem claro."

"Sim, o senhor deixou, sim. Mas desta vez acho que o senhor deveria vir aqui."

Vinicius abriu os olhos, encarando o homem que o encarava sério. Os olhos muito brancos contrastavam com a pele negra reluzente sob o sol e a preocupação era evidente em sua testa enrugada.

"O que foi?"

"O garoto disse que tem alguma coisa errada lá embaixo."

"Você não espera que eu desça até lá, né? É pra isso que temos vocês. Onde está o garoto? Alguém precisa ensinar àquele moleque como as coisas funcionam por aqui."

"Ele não retornou ainda. Está esperando o senhor lá embaixo."

Ele desceu do jipe a contragosto. Não gostava daquelas viagens e gostava ainda menos de ser incomodado. Ele devotara sua existência inteira ao seu comandante para alcançar um status de vida em que não precisava mais fazer esse tipo de esforço, e agora aquele bando inútil esperava que ele resolvesse seus problemas.

Ele caminhou até a beirada do vale, cobrindo o nariz e a boca com a gola da camiseta.

"O que foi, garoto?"

"Senhor, acho que é melhor ver de perto."

"Não me faça perder meu tempo, garoto. O que foi?"

"Eu acho que..."

"Acho? ACHO? Você me tirou do carro por que você ACHA que viu alguma coisa?"

"Não, senhor. Eu tenho certeza."

"Certeza de quê?"

"Alguém mais esteve aqui."

"Como assim?"

"Encontrei três pedaços de tecido preto e o que parecem pegadas humanas na beirada da cova, Senhor."

"Tecido preto?"

"Sim, senhor."

"Traga-os para cá."

"Não dá, estão caídos do outro lado da cova."

"Então vá até lá e pegue. Qual o problema?"

"Eu... Eu teria que passar pelos corpos, Senhor."

"Isso não é problema meu. Você me tirou do carro e agora vai ter que me dar um bom motivo." – Sua voz cresceu, ecoando imponente pelo vale, enquanto estendia a mão aberta para um dos corpos mais recentes que cobria um pedaço da cova. – "Ou será que TODO MUNDO esqueceu do que aconteceu com o último que me incomodou sem motivo?"

Ainda apoiado nos degraus da escada, o garoto viu o cadáver ao qual Vinicius acabara de se referir. A bandana um dia amarela amarrada no punho agora manchada de sangue, dele próprio e dos outros cadáveres que chegaram depois dele. O garoto acenou positivamente com a cabeça enquanto engolia o vômito que subia sua garganta.

Tentando segurar a respiração, moveu o primeiro pé sobre a pilha de corpos à sua frente e sentiu a bota afundar na superfície molenga de carne putrefata enquanto tentava encontrar algum equilíbrio. Não era simples caminhar sobre aquela montanha que eles mesmos criaram. Não tinha nenhuma estabilidade e seu peso ia dilacerando pele e estilhaçando ossos que secaram sob os efeitos do tempo. Sentia o estômago embrulhar, mas engolia de volta a bile que lhe subia à garganta, liberando seu almoço sobre a relva apenas quando alcançou o chão firme da margem oposta da cova.

Apanhou os trapos de tecido negro, enfiando-os no bolso da calça enquanto analisava as marcas sobre o chão. Definitivamente, pegadas humanas. Botas. Acreditou serem dois pares distintos, mais ou menos do mesmo tamanho e menores do que a sua.

"Vamos lá, garoto, eu não tenho o dia inteiro. Se é pra demorar tanto, aproveite e já fique por aí."

"Estou voltando!"

O retorno à escada fora ainda mais difícil. Se viu forçado a abrir caminho, escalando a montanha humana de carne e vísceras, afundando seus dedos na carne flácida, sentindo o cheiro de gordura derretida ao sol impregnar cada pelo de seu corpo. Ao alcançar a escada, viu-se deixando marcas amarronzadas com as mãos na madeira, restos dos corpos entrando sob suas unhas mal cortadas. Subiu os degraus já se dobrando novamente, seu corpo cedendo aos próprios instintos e manchando com bile amarela a grama verde da encosta do vale.

"E então? Onde estão as provas?"

O garoto enfiou a mão no bolso, retirando os trapos e entregando a Vinicius.

"E as pegadas?"

"Definitivamente humanas." – ele conseguiu pronunciar entre crises de tosse da garganta que ainda queimava com o gosto azedo de bile. – "Dois pares de botas."

"Recentes?"

"Acho que sim, não sei como descobrir isso. Estão lá, inteiras, e não choveu nos últimos dias, então, sei lá, acho que são recentes, sim."

"Vocês não servem pra nada mesmo. Vamos embora, temos que informar o General sobre isso."

Enfiando os trapos no bolso interno do casaco, Vinicius retornou ao jipe, aguardando os outros. Receberia o crédito pela descoberta, provando novamente ao General a sua importância inestimável. Fora sua a ideia de atrair as pobres almas indefesas para a ilha e sua a ideia de manter com eles apenas os homens, força bruta, facilmente manipuláveis por meio de algumas atrações bastante questionáveis. Desde que ele chegara ao forte, a vida de todos se tornara mais fácil e o General compreendia isso, o recompensando de acordo a cada oportunidade.

Sorriu para si mesmo com gosto, orgulhoso e vaidoso, enquanto o ronco do motor se pronunciava, fazendo vibrar o chão sob seus pés.

NOVOS RECRUTAS

Com o passar das semanas de treinamento pesado liderado por Johnny, a previsão de Penny se concretizou e o pequeno paraíso que haviam construído deixou de ser particular. No máximo a cada dois dias algum sobrevivente chegava à ilha em suas mais variadas embarcações. Rogério e Serginho assumiram postos de vigia enquanto Penny e Vitor se encarregavam de receber os viajantes, entrevistando-os para analisar se apresentavam algum perigo antes de aceitar integrá-los na pequena comunidade que vinha se formando, sempre bastante políticos e tomando cuidado para não criar animosidade que pudesse gerar um conflito interno desnecessário.

Cada grupo que chegava recebia o direito a um quarto na pousada para dividir entre si, garantindo que sobraria espaço para quem chegasse em seguida. O preço de admissão era a entrega de todos os recursos trazidos do continente para ser compartilhado entre todos de acordo com eventuais necessidades.

Algumas reações a esta proposta eram adversas. Quem tinha sofrido muito para chegar ali sempre se mostrava mais apreensivo para entregar suas armas, algo que Penny já esperava, pois entendia que se sentiria na mesma situação caso os papéis fossem inversos, mas no geral não tiveram muitos problemas.

Quando o grupo alcançou a marca de doze integrantes, o grupo original se reuniu para definir algumas regras básicas de convivência, condições impostas para que essa pequena sociedade alternativa fosse funcional, leis que deveriam ser respeitadas e aceitas por todos se quisessem fazer parte do que agora chamavam de Santuário, uma forma de assumir posse de toda a propagando inadvertida que os Outros já haviam espalhado pelo continente e transformar em força aquilo que poderia ser considerado uma ameaça.

Todo mundo precisava contribuir. Logo na chegada, respondiam perguntas sobre suas profissões e hobbies antes da praga e, especialmente, práticas de combate adquiridas depois. Cada nova chegada era uma oportunidade de desenvolver novas habilidades.

A visão da cova aberta com as faces de crianças abandonadas e decompostas ainda assombrava Penny e ela queria se certificar de que não acabariam fazendo parte daquela pilha de corpos tão cedo. Sentia nos ossos que em breve seriam descobertos e ela se recusava a se render. Sabia que Johnny compartilhava essa visão, mesmo que eles não tivessem discutido o assunto a fundo desde que deixaram aquele local horrendo para trás. Se conheciam o suficiente para que ele entendesse o seu silêncio e sua necessidade de lutar.

O grupo, que agora se tornara uma comunidade de 21 adultos, três crianças e Max, continha quatro atiradores de longa distância liderados por Rogério e Serginho, oito atiradores treinados à exaustão por Johnny e seis membros mais habilidosos no combate corporal, lutas ou facas, coordenados por Penny. Ela sabia que muitos poderiam se sentir desconfortáveis com uma liderança feminina em uma frente de combate, mas em poucos dias sua habilidade se mostrou o bastante para evitar questionamentos, e agradecia em silêncio constantemente ao pai por isso. Marcela se encarregava da divisão, estoque e manutenção dos recursos enquanto Diego estudava longamente formações de combate e estratégias de guerra. Fechando o grupo, estava a mãe das crianças, todas irmãs, que passava o dia inteiro ocupada tentando ensinar os filhos, com idades entre 9 e 12, quaisquer coisas que viesse a ajudá-los a sobreviver.

Um dos primeiros grupos a chegar trouxera uma grande quantidade de armas e munição. Passaram o caminho inteiro saqueando todas as delegacias pela rota que seguiram, grandes e pequenas, e haviam conseguido uma boa quantidade de itens que poderiam ser muito úteis caso fossem atacados. Juntos às armas, haviam trazido cinco coletes à prova de balas que agora eram usados por todos que tivessem que entrar na mata como medida básica de segurança.

Nem todas as relações internas eram suaves, mas havia um respeito coletivo que garantia a ordem entre os membros do grupo crescente. Penny sabia que muitos dos novos recrutas se sentiam incomodados em obedecer um bando de estranhos, mas não houvera nenhum conflito sério nas semanas em que passaram treinando. Uma vez que controlavam as armas, o restante do grupo precisaria apenas de tempo para criar um maior nível de confiança. A constante ameaça do grupo desconhecido era o bastante para mantê-los unidos por enquanto.

As responsabilidades internas do acampamento também passaram a ser divididas, com grupos designados a cada tipo de tarefa. Caça, jardinagem, busca por água fresca. Lentamente, foram criando uma rotina pacífica misturada à violência constante das rotinas de exercício e treinamento.

Durante todo o tempo em que se dispuseram a receber estes novos chegados, se depararam apenas com um grupo que recusou a proposta. Não estavam interessados em conflitos e não queriam fazer parte de um exército. Queriam apenas um lugar para dormir em paz. Passaram uma noite na pousada e depois foram convidados a partir, cientes de que o local estava sob ameaça de ataque. Voltaram ao pequeno veleiro que os levara até lá e seguiram viajando para o sul, contornando a ilha.

Penny teve certeza de que aportariam em outra encosta da ilha e torcia todos os dias para que não acabassem se tornando parte daquela pilha de corpos ao encontrar um grupo bem menos receptivo do que o deles.

O GENERAL

Ele era um homem satisfeito. Havia encontrado no mundo pós-pandemia a vida que sempre almejara. Dedicara sua vida inteira ao exército, subindo de patente por meio de trabalhos burocráticos enquanto sonhava acordado com o dia em que finalmente encararia um verdadeiro campo de batalha. Agora, com os cabelos já grisalhos e o cinquenta e poucos anos de exaustão estampados nos olhos enrugados, finalmente se tornara o homem que sempre sonhara em ser.

Ao contrário dos pobres bastardos ao seu redor, ele abençoava o dia em que os mortos se ergueram para tomar a Terra. Ele encarara as ruas como um verdadeiro galã de filme americano patriota, arrebentando tudo que cruzava seu caminho e juntando em seu encalço uma legião de seguidores que o olhavam com admiração e acima de tudo, medo. Ele sabia que o medo era o grande combustível do respeito e era por meio do medo que ele comandava suas tropas. Mais do que medo, ele prosperou por meio de um pulso de ferro e uma postura de aço.

Tropas. Era assim que os via agora. Um bando de homens frouxos desgarrados em busca do esquecimento. Diferente dele, esses homens haviam perdido tudo quando a praga os atingiu e agora o seguiam em busca de um mínimo de conforto e proteção. Ele não perdera nada. Seus pais já estavam mortos há anos. Ele nunca se casara, nunca tivera filhos, nunca se importou com ninguém além do exército e via esta como sua recompensa máxima. Esse desapego era o que o tornava um líder em meio ao caos, o restante era composto por fracos, movidos à emoção tola e memórias que desejavam esquecer.

Estava admirando seu impecável uniforme na superfície reflexiva do espelho de sua suíte quando escutou a batida à sua porta. Revirou os olhos, incomodado pela intrusão.

"Pode entrar."

"Senhor? Eles estão de volta."

"Já estarei com eles. Mando-os aguardar no hall de entrada."

"Sim, Senhor."

A porta foi fechada às suas costas. Ele ajeitou o chapéu na cabeça e se encaminhou para a sala de pedra na qual seu segundo em comando o aguardava com sua equipe.

"Ah, Vinicius, eu não estou gostando dessa expressão no seu rosto."

"Me desculpe, Senhor, mas precisamos conversar imediatamente."

"Algum problema?"

Vinicius se adiantou, separando-se do grupo que o acompanhara, o líder dos tolos assumindo sua dianteira. O garoto universitário ainda estava pálido e doente e quase caiu no chão quando Vinicius passou por ele e esbarrou em seu ombro.

"Vamos ao escritório, Senhor?"

O General abriu caminho e permitiu que Vinicius fizesse o caminho às portas do escritório, abrindo-as para seu chefe com pompa e circunstância, seguindo-o e fechando a porta às costas dele.

O General caminhou até a mesa imponente e se sentou à poltrona de espaldar reto aguardando as palavras de seu homem. Vinicius retirou os trapos de tecido negro do bolso, repousando-os sobre a mesa.

"Senhor, temos motivo para acreditar que não estamos sozinhos na ilha."

"Sim, sabíamos que isso aconteceria quando começamos a espalhar a notícia pelas estradas."

"Isso não é como as outras vezes, Senhor. Além dos pedaços de tecido, encontramos pegadas ao redor da cova."

"Qual o problema?"

"Fomos descobertos."

"Faremos com eles o que fizemos com todos os outros, Vinicius. Tem dado muito certo até agora. Encontre-os, prometa suas promessas e traga-os para a arena. Temos alguns dias ainda até a próxima sessão."

"Sim, Senhor."

"Não me incomode com coisas pequenas, Vinicius. Não me obrigue a fazer de você um exemplo. Sabe muito bem do que sou capaz."

"Sim, Senhor."

Deixando Vinicius para trás no escritório sem tocar nos trapos negros sobre a mesa, o General se retirou e, a caminho da escadaria de pedra, passou pelo grupo que acabara de retornar e ainda aguardava o retorno de Vinicius para se retirar. Falou sem olhas em suas faces descartáveis. Não importava quem eram.

"Bom trabalho, Senhores. Serão muito bem recompensados em breve. Podem descansar por hoje."

Subiu as escadas, passando pelo andar de sua suíte e seguindo até o telhado, no qual uma enorme varanda se pronunciava. Tivera muita sorte em encontrar aquele antigo forte aguardando por ele ali, intocado, com seus muros protetores e sua aparência imponente. Aquela construção de pedra que ele imaginava ter algumas centenas de anos parecia ter sido feita sob medida para ele, apenas aguardando sua chegada. O líder do novo mundo.

Gostava de passar algumas horas por dia naquele telhado, apenas observando o movimento das ondas quebrando sobre as pedras que os cercavam e convidando novos visitantes a buscar refúgio.

Tinha um prazer delicioso em oferecer abrigo e comida àquelas almas perdidas que não imaginavam que o futuro acabara de chegar ao fim. Atrair essas pessoas para a ilha fora uma ideia brilhante de Vinicius. Sem que eles tivessem que voltar ao continente periodicamente em busca de vítimas, os perigos se tornaram praticamente inexistentes. Essas pessoas desavisadas chegavam oferecendo tudo o que tinham pela proteção dos muros do forte e ele estava mais do que disposto a receber essas ofertas.

Naquele momento, sua mente foi distraída por um veleiro que se aproximava na encosta e sua equipe correra até a praia para recebe-los. Ele sorriu para si mesmo e decidiu que aquela seria uma noite de recompensas à sua tropa tão dedicada. Uma noite de devassidão seria perfeita para fazê-los esquecer dessa bobagem de pegadas e restos de roupas rasgadas.

DEVASSIDÃO E OUTROS PECADOS

O General desceu as escadas para receber o pequeno grupo que chegara logo na entrada. Bem-apessoado e impecável em seu uniforme escuro, seu sorriso sempre causava uma reação pacificadora nestas pobres pessoas assombradas pelo desespero da sobrevivência.

O grupo acabara de entrar pela porta principal e agora depositava suas mochilas no chão. Era exatamente o tipo de reunião que tanto o agradava. Não era um grupo grande, apenas um homem cansado na casa dos quarenta acompanhado por três mulheres adultas em idades variadas e um garoto adolescente sem um fio de barba na cara coberta de espinhas. Nenhuma ameaça ali.

Ao avistar a figura imponente do General, o homem se adiantou, reconhecendo-o como o líder do forte imediatamente por sua postura imponente e estendendo a mão cabeluda em sua direção, o que ele aceitou de bom grado.

"Olha, eu nem sei como agradecer. Quando vimos aqueles sinais na estrada, achei que era piada, mas aqui estão vocês. Eu sou o Beto, essa é minha esposa, Julia." – ele apontou uma mulher muito magra, mais velha do que as outras duas, que estavam chegando aos trinta ou acabando de entrar – "Estas são Alice e Sofia. E este aqui é o Dino." – o adolescente olhava em volta, registrando a grandiosidade do hall sem perceber que falavam dele.

"Ah, o prazer é todo nosso. Tivemos a sorte de encontrar este lugar intacto e é nosso dever compartilhar com todos que buscam ajuda. Venham, vamos ajeitar vocês e colocar um pouco de comida quente nesses corpos cansados."

O General sinalizou com a cabeça na direção do grupo que trouxera os novos chegados, e eles se retiraram na direção da cozinha. Ele acenou com a mão, indicando o caminho para o grupo e levando-os a uma enorme sala de estar com sofás em veludo e enfeites rebuscados nas paredes que refletiam a ambientação militar.

"Sentem-se, descansem. Logo teremos uma boa refeição pronta para vocês. Vou deixá-los descansar um pouco. Com licença."

O General se retirou, fechando a porta atrás de si e deixando o grupo usufruir dos confortos que a vida no forte oferecia enquanto ainda podiam. Além de piedosa, essa pequena atitude permitia que os novos grupos relaxassem qualquer desconfiança e baixassem suas guardas. Vinicius o aguardava ao lado da porta, tendo sido prontamente informado da chegada dos estranhos.

"Qual é o direcionamento, Senhor?"

"Prepare tudo para esta noite. Nossos homens estão precisando de uma boa distração."

"E quanto aos visitantes, Senhor?"

"Alimente-nos, deixe que aproveitem essas últimas horas. Depois, matem o homem. Leve a esposa para a jaula com o adolescente. Levem as outras duas nos quartos do subsolo, separadas e acorrentadas. Assim que anoitecer, começaremos a celebração. Temos bebida em estoque ainda?"

"Sim, Senhor, algumas garrafas de uísque e muito vinho ainda estão guardados, restaram da semana passada."

"Perfeito. Assem uma boa carne, encham nossos homens de bebida e vamos esquecer essa viagem à cova por hoje. Amanhã voltamos a nos preocupar com as pegadas."

"Sim, Senhor."

Vinicius se retirou para os corredores internos, movimentando todos para que o General tivesse tudo que desejava sem nenhum imprevisto. Satisfeito consigo mesmo, ele se retirou para seus aposentos por algumas horas antes de se entregar à devassidão das celebrações daquela noite, afinal de contas, já não era mais apenas um garoto e as juntas doloridas não iriam impedi-lo de alcançar seu destino.

*** *** ***

Assim que o dia caiu e a escuridão tomou conta dos céus ao redor do forte, ele foi chamado. As festas eram realizadas no porão, onde ninguém fora daqueles cômodos sombrios poderia escutar os gritos que ecoariam. Não queriam assustar ninguém que pudesse estar se aproximando da ilha acidentalmente e não queriam atrair atenções desnecessárias.

Seus homens já estavam levemente alterados pelo álcool, suas faces imundas com a gordura da carne assada que acabaram de consumir. Ele subiu em cima da mesa sem deixar transparecer o esforço que exigia dele e, sob o candelabro principal, ergueu os braços e se pronunciando com vigor:

"Boa noite a todos! Esta noite celebramos o esforço de vocês e toda a sua dedicação que faz deste o melhor lugar do mundo. Como sabem, as apostas ainda estão abertas. Procurem Vinícius com seus palpites. Divirtam-se!"

Sob berros e aplausos celebratórios, o General desceu de seu palanque improvisado e sentou-se na enorme poltrona antiga sob o mezanino do cômodo, um verdadeiro monarca a comandar seu povo, observando com gosto tudo aquilo que conquistara. Como um animal doméstico bem treinado, Vinicius assumiu seu lugar como mestre de cerimônias da noite.

"Vamos começar com a Jaula. Do meu lado direto, temos essa linda mulher cujo nome não faz a menor diferença. Do meu lado esquerdo, temos esse adolescente que nunca vai se barbear na vida."

Os risos e aplausos irromperam. O General aplaudia mais alto do que todos. As jaulas estavam dentro de um fosso no meio do enorme cômodo, Dentro das jaulas, separadas por uma pequena distância de um metro, estavam Julia e Dino, ambos completamente nus. Ambos choravam histericamente, gritando por ajuda, berros afogados pelo riso etílico de uma tropa inteira de homens sem moral ou bom senso.

"Vocês sabem como funciona. As apostas fecham em um minuto. Quem vai morrer por último? Quanto tempo cada um deles resistirá? A moeda de hoje são horas de trabalho dedicado à nossa comunidade."

Os homens ao redor gritavam, oferecendo horas de trabalho à Vinicius, que registrava tudo em um caderno com o auxílio de um assistente. Esta era a forma que encontraram de incentivar seus trabalhadores e tinha sido muito eficaz.

"Lembrem-se que as horas ganhas podem ser trocadas por benefícios exclusivos, não tenham medo de apostar alto!"

O assistente notificou que as apostas estavam encerradas. Vinicius acenou para o General, que caminhou até a beirada de seu mezanino com a vista privilegiada do fosso iluminado. Dois guardas se aproximaram dele, carregando baldes e colocando-os sobre o corrimão.

O General deu o sinal e o conteúdo vermelho e viscoso dos baldes foi entornado sobre a abertura do fosso, cobrindo os corpos nus das jaulas com o sangue fresco de Beto, degolado aquela mesma tarde e pendurado sobre uma banheira para que nenhuma gota fosse desperdiçada. A pobre ovelha que se entregara tão polidamente ao próprio abate.

Quando o sangue atingiu o fosso, gotas gordas se esparramaram por todos os lado, respingando nos rostos já avermelhados de calor e adrenalina da plateia ensandecida mais próxima da margem. Vinicius deu a ordem:

"Soltem-nos!"

Pelas laterais do fosso, uma dezena de mortos-vivos foi lançada ao redor das jaulas, enlouquecidos com o cheiro de sangue, enfiando seus membros flácidos pelas barras das grades agarrando tudo que podiam.

Julia e Dino gritavam mais alto, sentindo os dedos dos zumbis escorregando sobre a pele molhada enquanto batiam seus dentes ferozes em todas as direções. Agarravam cabelos, braços e pernas, devoravam tudo que alcançavam, destruindo os corpos que, lentamente, deixavam de se debater.

Julia morreu primeiro. Dino viu a vida se esvair dos olhos dela, que reluziam brancos entre o vermelho escuro do sangue de seu marido, apenas segundos antes de ele mesmo perecer. O garoto ainda tentara gritar por ela, mas com a garganta rasgada por dentes enegrecidos, todo o som que se escutava era o da plateia indo à loucura.

Vinícius declarou os vencedores e mandou que eliminassem todos os restos do fosso. Dois homens portando lança-chamas se pronunciaram dos cantos, queimando os zumbis e os corpos recém-destruídos nas jaulas em questão de minutos enquanto o público se dispersava discutindo o show, se empanturrando com carne assada e enchendo a cara com vinho e uísque.

A segunda atração era sempre a favorita e apenas aqueles com muitas horas acumuladas podiam comprar a participação, deixando que o resto das tropas apenas assistisse ao espetáculo horrendo.

Enquanto todos se acabavam em um banquete, o fosso era limpo com mangueiras e as jaulas substituídas por uma enorme cama de espaldar. Quando as luzes do fosso se acenderam novamente, Sofia estava acorrentada pelas mãos e pernas, a barriga deitada sobre o colchão, completamente nua, as lágrimas lhe manchando o rosto.

Os gritos da plateia se tornaram ensurdecedores. Aplaudiam, assoviavam, gritavam com ela, chamando-a de todos os sinônimos possíveis de prostituta. Ela afundava o rosto sobre o colchão tentando morder alguma coisa, qualquer coisa. Vinícius se ergueu novamente sobre a mesa central anunciando os nomes dos homens que haviam comprado aquela noite, cinco deles no total.

Naquele momento, não havia mais apostas, não havia mais razão de ser, não havia nada. Era apenas a mais pura devassidão de destruir aquela mulher para o entretenimento de uma multidão ensandecida composta por homens que, meses atrás, ficariam enojados com algo desta magnitude.

Os cinco entraram ao mesmo tempo, se espalhando ao redor dela completamente nus, fazendo o que bem entendiam enquanto ela chorava e se debatia. Não era apenas sexo. Alguns deles entravam ali apenas para espancar as garotas, outros para satisfazer seus desejos. Os aplausos ao redor um incentivo à crueldade. Aquilo só acabava quando a garota pedia para morrer, embora essa regra fosse desrespeitada com frequência em função de satisfazer os pedidos ansiosos do público que clamava por mais e mais e mais. Era então que o homem que pagara o preço mais alto daquele leilão desumano ganhava o direito de dar o golpe fatal utilizando o método de sua escolha. Estavam ali para satisfazer o cliente.

MUDANÇAS

Ele não era mais o mesmo. Estava se alimentando como nunca e sentia seu organismo se alterando, se adaptando. Já não eram mais pequenas alterações sensitivas de olfato ou extensão neural. Desta vez, as alterações eram visíveis a olhos nus, embora não houvesse ninguém além dele para realmente perceber isso. Pelo menos não havia mais. Ele se certificara disso. Todos os olhos vivos pousados sobre ele agora carriam em suas veias gordas.

Suas articulações estavam sofrendo as principais alterações, especialmente os joelhos e cotovelos. Seus membros estavam mais alongados também, permitindo movimentos nada humanos e lhe dando uma nova postura, mais selvagem.

Suas mãos também mudaram, os dedos estavam mais longos, rápidos e ágeis, reagindo com destreza e lhe dando a capacidade de sentir o mundo ao seu redor de uma forma diferente, mais analítica. Ria-se do quão inadequado havia sido um dia seu sentido de tato.

Seu rosto mudara também, de uma forma discreta e assustadora. Os dentes cresceram, mudando o formato do rasgo que se tornara sua boca, os lábios finos agora levemente escurecidos, quase azulados sob a luz do sol. Seus olhos se estreitaram também, muito discretamente, mas o bastante para lhe dar um aspecto assustador.

Perdera a coloração rosada natural de sua pele clara, assim como as leves sardas haviam desaparecido também, mescladas à coloração acinzentada que a falta de circulação constante lhe fornecera com o passar do tempo. Se tornara a imagem perfeita do predador mais cruel da existência da humanidade. Ou de sua extinção.

Não importava mais o quanto se alimentava, fossem suas vítimas vivas ou mortas, essas feições se tornaram permanentes. Ele sabia disso, sentia em seu sistema e sabia que aquele era apenas o começo. Não sabia o que se tornaria no final, mas sabia que era superior. Ele seria o elo perdido de uma nova raça de imortais, livres das prisões morais da mente humana.

Seus experimentos cessaram. Dando o tempo para que Cristina se acostumasse com sua ausência antes de caçá-la novamente, estava apenas se fortalecendo e deixando que a sua natureza única trabalhasse nele, estudando a si mesmo e suas reações. Esta pausa tornara seus sentidos ainda mais aguçados, despreocupando-se com a mais remota possibilidade de perder o rastro que ela deixara para trás.

Analisava também as alterações que ocorriam em sua prole. Quanto mais ele próprio evoluía, mais o seu pequeno exército evoluía com ele. Já não se arrastavam mais como antes, se tornaram capazes de correr. Suas habilidades olfativas também pareciam aprimoradas, alcançando novas distâncias. E, na última semana, percebera que os olhos já não eram mais tão leitosos, ganhando vantagens visuais sobre suas inadvertidas vítimas acostumadas com os mortos comuns. Qualquer resquício da raça humana que tentava se esconder perdera sua chance quando ele tomou os mortos sob sua guarda.

Sentia seu poder se expandir enquanto sua horda pessoal se espalhava por todos os cantos do país, facilitando o trabalho dele. Infectavam os vivos e os já mortos, alimentavam-se sem danificar os cérebros de suas vítimas, seguindo suas orientações mentais sem questionar suas decisões. A carne mais macia estava concentrada na parte inferior, de qualquer jeito.

Ele queria mais. Ele queria muito mais. Quando finalmente alcançasse seu objetivo, queria não ter restrições, queria destruir tudo em seu caminho até que tudo que restasse no mundo fosse ela e ele. Queria que ela soubesse que não havia mais pelo que lutar, que sua inevitável derrota não era apenas inerente, mas absoluta. Sentiu a garganta queimar e, ciente de que passara tempo demais analisando a si mesmo, saiu em busca de mais uma vida que ele pudesse tomar para si.

ALICE

O General deu a volta na cama em passos curtos e lentos, passando um único dedo sobre o corpo nu de Alice em uma carícia tortuosa, enquanto ela tentava se afastar inutilmente, presa pelas correntes que lhe rasgavam os pulsos e tornozelos, os grilhões de ferro criando uma melodia metálica que parecia tornar aquela cena ainda mais selvagem.

Ele se abaixou, nivelando seu rosto com o dela, encarando os olhos ferozes da garota com o mesmo sorriso encantador que utilizara para recebe-la horas antes.

"Espero que você esteja apreciando a nossa cortesia. Estamos aqui para servi-la"

Em resposta, Alice cuspiu no rosto dele e deixou que os restos de voz que lhe sobravam sussurrassem na direção daquele homem grotesco:

"Vá se foder."

Ele removeu o cuspe que escorria de seus olhos com a mão e limpou os dedos nos cabelos dela.

"É exatamente essa a intenção, querida."

Ele abriu o zíper de sua calça impecável, deixando-a cair sobre os tornozelos, acariciando o próprio pênis apenas centímetro do rosto dela.

Agarrou Alice pelos cabelos puxando-os para trás, erguendo o rosto da menina em sua direção.

"Aqui, olhe nos meus olhos."

Sem delicadeza, ele penetrou a boca dela até fazê-la engasgar. E foi a última vez que ele foi capaz de fazer isso.

Alice fechou a mandíbula com toda a sua força, sentindo a carne dele se rasgar contra seus dentes até se desprender do corpo. Engasgando, cuspiu longe o conteúdo frouxo de sua boca, sentindo o sangue dele descer por sua garganta enquanto seu grito de agonia a ensurdecia.

O General tombou no chão segurando a própria virilha com as duas mãos, os olhos arregalados em choque e os gritos de dor vociferados continuamente de sua boca arregaçada. As calças, até então perfeitamente limpas e passadas, iam tomando uma coloração escura que se espalhava pelo tecido em teias de aranha gigantescas.

Os guardas ao redor voaram na direção dela, armados até os dentes. Ela fechou os olhos esperando o estrondo final que estouraria sua cabeça, desejando-o vorazmente, mas o único som que ecoou no silêncio sepulcral da multidão muda foi a voz entrecortada e engasgada do General:

"NÃO!!!!!"

Os guardas o olhavam confusos.

"NINGUÉM TOCA NELA! ELA É MINHA!"

Ninguém se moveu além de Vinicius, que voou para o subsolo, alcançando o chefe com uma toalha e uma garrafa de uísque nas mãos.

"ME TIREM DAQUI! AGORA!"

O silêncio ainda reinava em meio ao perfume salgado da mistura do vinho com a carne e o sangue, até que o riso maníaco da garota começou a se pronunciar, ecoando pelas paredes escuras e fazendo o ambiente todo vibrar.

"AGORA, PORRA!!!"

Ajudado por Vinicius, o General foi retirado para o ambulatório, embora ninguém realmente soubesse o que fazer naquele momento, especialmente o médico residente, que havia desmaiado de bêbado em algum momento depois da segunda atração.

Sem o General ou Vinicius para comandar a multidão estarrecida, os guardas ainda presentes no fosso se encaravam sem saber o que fazer.

"E agora?"

"Sei lá."

"O que a gente faz com ela?"

"Deixa ela aí, não é como se ela fosse conseguir fugir."

Apagando as tochas, os dois partiram, deixando Alice, nua e sozinha, algemada à cama, no escuro absoluto daquele calabouço de pedra com o gosto do sangue no General ainda impregnado em sua saliva e um delicioso sorriso de vitória nos lábios manchados apenas escutando a multidão se dispersar enquanto ria sozinha em satisfação.

PEGADAS

Com o General sedado e preso à cama de hospital sob os devidos cuidados do médico já recuperado da bebedeira da noite anterior, a manhã seguinte chegou acompanhada de um clima sombrio tomando as tropas espalhadas por todos os cantos do forte. Entre os mais de cem homens que assistiram à mutilação de seu líder pela garota, apenas uma dezena se voluntariou para a caça dos responsáveis pelas pegadas. Medo era a palavra de ordem que tomara os soldados desde que assistiram à cena grotesca de castração.

Vinicius reuniu os voluntários no hall, se preparando para escolher os homens que iria comandar naquela missão. Havia uma vibração estranha no ar. Se uma simples garota poderia derrubar seu líder tão facilmente, o que impediria os donos das pegadas misteriosas de destruí-los com a mesma facilidade? Subitamente, a sensação de segurança dos muros do forte foi questionada por seus moradores, destruindo a moral cuidadosamente construída e mantida desde que tomaram a ilha. E instabilidade não caminhava em harmonia com o sistema de ordem imposto de forma tão contundente.

"Nós não vamos nos deixar abater por causa de um infeliz acidente. O General se permitiu baixar suas guardas e nós todos aprenderemos com isso. Hoje, vamos retomar o controle de nossa equipe e não voltaremos sem balançar nas mãos as cabeças degoladas destes espiões!" – Vinícius se esforçava para impor o mesmo tipo de medo que seu líder fazia de forma tão natural, mas ele nunca fora um líder. Seu lugar sempre fora um passo atrás, o homem por trás do mito.

Escolheu os dois homens mais fortes do grupo de voluntários, ambos muito altos, musculosos e cheios de cicatrizes de batalhas. Além destes soldados bem armados, chamou o garoto universitário para dirigir o jipe e lhe proteger enquanto os outros faziam o trabalho pesado. O garoto não se voluntariara, mas Vinicius via seu pedido de companhia como uma recompensa ao invés de uma punição. Nunca imaginou que o garoto pudesse entender de outra forma. Defender seu líder era uma honra sempre.

Retornaram à altura do vale na qual se encontrava a escada e Vinicius direcionou seus soldados. Seus nomes não eram realmente relevantes para ele, mas fez questão de memorizá-los para poder erguer sua voz e comandá-los se necessário. Esqueceria novamente assim que deixassem seu campo de visão. Como bons soldados, os homens respondiam apenas aos próprios sobrenomes, perdendo suas individualidades ao se tornarem parte de um batalhão maior.

"Ferreira. Duarte. À partir deste exato momento, vocês são os maiores responsáveis pela nossa segurança. As pegadas indicam que esses espiões estão do outro lado do vale. Sigam as pegadas e não se atrevam a voltar sem carregar ao menos dois cadáveres com vocês. Entenderam? E não se esqueçam: vamos conferir o tamanho de seus pés."

"Sim, senhor." – responderam em uníssono.

Desceram as escadas, deixando Vinícius e o garoto para trás. Diferente do universitário, não se incomodaram com os corpos que se projetavam sob suas botas, pisando com força e estabilidade sobre os múltiplos crânios da vala. Havia ainda um senso de direito em destruir as carcaças do mesmo tipo de gente que colocara em risco a segurança do seu pequeno universo. Logo, aquela garota insolente estaria entre eles. E desejavam que ela estivesse em pedaços.

Puxaram a escada do meio dos corpos, alcançando o lado oposto do vale. As pegadas se multiplicavam ali em cima, se tornaram quatro pares variados ao invés de dois. Ferreira sorriu para si mesmo. Quanto mais alvos encontrasse pelo caminho, melhor. Tinha raiva contida o bastante desde a noite anterior para destruir uma vila inteira se fosse necessário. E aumentavam as suas chances de trazer de volta ao menos dois corpos como evidência.

Seguiram a direção das pegadas acompanhando a linha das árvores. Foi Duarte quem percebeu o primeiro sinal de que estavam definitivamente no caminho certo, acenando para o companheiro ao avistar um pedaço de trapo preto, assim como o que Vinícius lhes mostrara, amarrado a uma das árvores.

"Que idiotas, deixaram o caminho marcado."

"Deviam achar que estavam sozinhos."

"Idiotas!"

Começaram a seguir o rastro de tecido, já sem se preocuparem com as pegadas. Quem precisava buscar traços no chão quando sua caça tão graciosamente lhes indicava o melhor caminho? O clima entre eles era de pura tranquilidade.

Em algumas horas caminhando pela mata densa, encontraram uma cachoeira e aproveitaram para descansar e se alimentarem. Precisavam manter-se fortes e preparados para o inevitável confronto.

"Você acha que são apenas esses quatro?"

"Não faz muita diferença. Depois do que a gente teve que assistir ontem, eu mataria uns cem desses imbecis sem pensar duas vezes. E ainda mijaria nos seus cadáveres."

"É... Aquilo foi brutal."

"Eu teria até pena dela se não fosse uma putinha idiota qualquer."

"Pena? Pena do quê?"

"Já parou para pensar no que o General vai fazer com ela quando se recuperar?"

"Não quero nem pensar nisso."

"Eu não quero pensar. Eu quero é assistir."

Terminaram de comer e decidiram seguir em frente. Embora os rastros de tecido continuassem do outro lado do rio, as cores haviam mudado. Vermelho vivo, ainda mais fácil de identificar na mata.

"É, realmente, eles devem ser um bando de caipiras despreparados mesmo."

"Isso vai ser fácil demais. Deviam ter deixado o garoto vir no nosso lugar."

Continuaram o caminho seguindo a trilha vermelha, rindo da própria superioridade. Ferreira ainda estava pensando no prazer de assistir o General destruir Alice quando o primeiro tiro passou zunindo por sua cabeça, arrancando-lhe uma boa parte da orelha.

SOB ATAQUE

Rogério estava preguiçosamente montando guarda no telhado na pousada. Seu primeiro dia de vigília desde que começara a treinar os novos recrutas. Estava satisfeito em ter alguns momentos de paz e silêncio para si mesmo sem o olhar atento de Johnny acompanhando-o em uma constante cobrança por exercício. Mas estava enganado se achava que isso se manteria por muito tempo.

Olhava pela mira da arma periodicamente apenas por desencargo de consciência. Mesmo depois de escutar Penny e Johnny narrarem sua descoberta letal na mata, a falta de movimento o tornara mais relaxado. Até aquele instante.

Viu um movimento das árvores apenas alguns quilômetros de distância do campo aberto no qual Marcela cuidava da pequena horta e imediatamente começou a passar em sua mente o roteiro do dia. Não, ninguém deveria estar na mata naquele momento.

Apertou os olhos e conseguiu definir a distância. Tocou o gatilho com o dedo firme e aguardou um momento em que sua visão estivesse menos oculta pela mata densa. Viu uma cabeça desconhecida de um homem negro imponente, sua cabeça inteira raspada, tatuagens cobrindo o ombro musculoso que se pronunciava na manga rasgada de uma camiseta velha. Carregava uma arma automática enorme nas mãos.

Sem hesitar, pressionou o dedo e disparou na direção, acertando a lateral da cabeça e arrancando a orelha do homem. Sabia instantaneamente que o tempo de reação deles seria mínimo.

Estavam sob ataque.

"JOHNNY!!! PENNY!!! NA FLORESTA! AGORA!"

Viu os dois deixarem seus postos de treinamento da praia e dispararem contra a mata, correndo lado a lado em sintonia silenciosa. Continuou com o olho colado na mira, acompanhando a ação e se preparando para auxiliar se a visão assim o permitisse. Não arriscaria atirar sem ter certeza do alvo, temendo acertar um de seus companheiros.

Johnny e Penny alcançaram a linha das árvores ao mesmo tempo. Ele já tinha a pistola em mão, os braços tesos eretos diante do corpo. Ela já empunhava a faca na mão direita, usando a esquerda para retirar de seu caminho os galhos que se pronunciavam na altura do rosto, ainda que vários arranhassem sua pele sem que percebesse.

Se depararam com dois invasores rapidamente. Um deles estava abaixado, a arma solta no chão enquanto a mão cobria o que restara da orelha enquanto o sangue jorrava da lateral da cabeça, ensopando a camiseta branca com sangue.

Penny sequer diminuiu a velocidade. Se arremessou sobre ele antes que tivesse a chance de se levantar, aproveitando a provável surdez que deveria estar zunindo na mente dele com o tiro. O homem tombou sobre a relva, sua boca se enchendo de terra e grama. Ela montou nele, as duas pernas ao redor do tórax forte, segurando-o pela testa e abrindo o couro grosso que revestia seu pescoço com a faca antes que ele tivesse a chance de entender o que lhe acontecia. Se tivesse tempo para realmente ver o que acontecera, Johnny a elogiaria por sua reação ágil, mas não havia.

Johnny passou por ela correndo, no encalço do segundo homem, que correra na direção do rio assim que escutou os passos rápidos chegando, deixando seu companheiro para trás, o covarde. O homem era enorme, mas Johnny era mais ágil, mais rápido, mais selvagem. Alcançou-o rapidamente e, com toda a sua experiência de combate, apertou o gatilho duas vezes.

O primeiro tiro acertou o homem na base da coluna, explodindo suas costas, queimando a regata preta e derrubando-o no chão completamente paralisado. O segundo tiro acertou seu ombro, fazendo o braço pender em um ângulo impossível, derrubando a arma no chão da mata e jorrando sangue por todos os lados. Soube imediatamente que acertara uma veia primordial. O homem podia ainda estar respirando, mas era um homem morto.

Johnny se aproximou, girando o corpo massudo do homem com o coturno e ajoelhando-se ao seu lado. Os olhos furiosos encarando os dele.

"Quem é você?"

Não houve resposta. O homem engasgava nos próprios fluídos que lhe subiam pela garganta, uma espuma rosada escorrendo do lábio que tremia.

"QUEM É VOCÊ, PORRA?"

O homem tossia, sangue espirrando no rosto de Johnny, que sequer escutou Penny se aproximar, tomado de ódio.

"ME RESPONDE, FILHO DA PUTA!"

"Não adianta, Johnny, ele não vai conseguir falar nem que ele queira." — Ela ofegava enquanto tentava reestabelecer a própria voz, os braços sujos de sangue vermelho vivo.

"Então vai ficar sufocando no próprio sangue enquanto a gente assiste ele morrer."

Ela se ajoelhou ao lado dele, tocando sua mão e sentido-o vibrar de ódio.

"Onde está o outro?" – Johnny tentava controlar a própria raiva em vão.

"No mesmo lugar que o encontramos."

"Ele disse alguma coisa?"

"Ele não teve a chance."

Diante deles, o homem deu suas últimas tentativas de golfadas de ar e se rendeu. Os olhos ainda arregalados na direção deles. Johnny afundou a cabeça nas mãos por um instante antes de encontrar o olhar preocupado dela encarando-o com seriedade.

"Isso aqui é só o começo, Gata."

"Sim, eu sei."

"Não podemos mais ficar esperando. Vamos ter que atacar."

"Os outros não estão prontos ainda. Nossas chances de conseguir alguma coisa são muito baixas."

"Não importa. Não agora. Não mais. Não temos mais escolha."

"Qual o plano?"

"Vamos nos reunir. Apenas os sete original. Vamos conversar e decidir juntos."

"E o que a gente faz com esses dois enquanto isso?"

"Damos um aviso."

"Um aviso?"

"Sim. Vamos mostrar que eles se meteram com as pessoas erradas."

"Isso vai começar uma guerra. Mas você sabe disso, não sabe?"

"Sei."

"Não estamos prontos pra isso ainda. Quer dizer, nós estamos, mas nem todos."

"É um risco que teremos que correr. Eu preciso que você esteja ao meu lado. Se não estivermos juntos, o resto do grupo se dividirá. Posso contar com isso?"

O olhar dela mudou imediatamente. Por um instante, Johnny viu os olhos castanhos calorosos que apenas conhecia quando estavam sós. Ela quase sorria. Quase.

"Sempre."

"Essa é a minha garota."

"Então venha, temos uma reunião muito importante e o Rogério já deve estar tendo uma crise histérica espiando pela mira daquele rifle sem conseguir ver o que está acontecendo."

Penny lhe estendeu a mão e eles se levantaram juntos. Johnny chutou o corpo do cadáver e tomou sua arma. Juntos, fizeram o caminho de volta, agora carregado novas armas poderosas em mãos e as evidências da batalha respingadas nas faces exaustas.

DESAPARECIDOS

A face do garoto esverdeava sempre que seu olhar se voltava para o vale. Mesmo sem a visão dos corpos, a lembrança de seu mergulho mórbido ainda queimava na retina. E o cheiro era inescapável, impregnado no ar que os cercava.

"Moleque, você vai precisar endurecer. Não pode ficar enjoado toda vez que olhar um cadáver."

"Sim, senhor" – além da náusea, agora tinha um certo nível de ódio por Vinícius lhe queimando a garganta. Aquele idiota nunca fazia nada e ainda por cima se sentia no direito de julgá-lo por uma resposta física inevitável. Cretino.

A paciência de Vinícius já estava se esgotando. Olhava o relógio de pulso de cinco em cinco minutos, irritadiço. O sol já ultrapassara o meio do céu e não havia sinais daqueles dois imbecis ainda. Quais eram seus nomes mesmo? Não importava.

Algumas vezes acreditou ver movimento entre as árvores do outro lado do vale, mas tudo que saía de lá eram pequenos animais selvagens e pássaros coloridos que logo fugiam ao sentir o perfume pútrido que emanava da vala.

"Se começar a anoitecer, largamos os dois e voltamos para o forte."

"Vamos deixá-los sozinhos na mata?"

"Eles sabiam suas responsabilidades quando aceitaram o trabalho. E não serão recebidos de volta enquanto não trouxerem alguns cadáveres frescos. De preferência, ainda em suas malditas botas."

O garoto lhe trouxe um sanduíche feito com o que restara da carne assada do massacre da noite anterior. O pão já estava duro. Faziam o possível com os recursos que roubavam e juntavam, mas nem tudo poderia ser perfeito.

Vinicius comeu o seu almoço e, notando que o garoto parecia esverdear ainda mais enquanto encarava seu próprio sanduiche, se ofereceu para dar cabo de mais uma porção.

"Eu vou sentar no carro. Me chame quando eles chegarem."

"Sim, senhor."

Em alguns minutos, sua cabeça pendia para o lado. Adormecido, roncava satisfeito. O garoto olhava a cena com desprezo, se perguntando como era possível um ser humano ser tão desligado do mundo ao ponto de dormir tão profundamente cercado de cadáveres putrefatos criados pelas próprias mãos. Ele mesmo perdia o sono mais noites do que conseguiria contar sentindo a culpa queimar na boca do estômago.

Ele esperou ansioso pelo retorno de Ferreira e Duarte. Seu corpo vibrava em antecipação. Nunca se sentira tão sozinho e esquecido como naquele instante, cercado pelos sons da mata e do ronco daquele homem desprezível. Chegara a escutar o som de tiros à distância, mas se acalmou ao se lembrar que aqueles dois brutamontes estavam na mata justamente para isso. Quando as aves fugiram das árvores seguindo o som oco inconfundível de pólvora estourando, ele decidiu que era hora de acordar Vinícius, Certamente, já não demoraria muito para que os outros retornassem.

“Que foi, garoto?”

“Eu escutei tiros, Senhor. Devem estar de volta em breve.”

“Muito bem. O carro já está preparado?”

“Preparado?”

“Para levar os cadáveres.”

“Não vamos jogá-los no vale como ontem?”

“Depois de tudo que aconteceu ontem, quero levar para o General uma lembrança de que sua mutilação não sairá impune.”

“Não, o carro não está preparado.”

“Então prepare-o, moleque!”

O garoto ficou olhando para ele, os olhos carregado uma expressão confusa. Nunca tivera que preparar o transporte de cadáveres antes. Vinícius perdia paciência.

“Você não sabe o que fazer, não é mesmo?”

“Não, senhor.”

“Você deve encontrar alguns sacos de lixo no porta-malas. Rasgue-os, coloque-os como lençóis. Não economize, vamos vedar o escoamento de sangue para não deixar aquele cheiro ocre impregnar no carro, já nos basta o fedor da vala. Vai, é simples.”

O garoto seguiu a orientação de Vinícius e retornou ao seu posto ao lado do chefe, a arma em mãos, aguardando o retorno dos soldados.

O sol já começara a morrer quando Vinicius quebrou o silêncio.

"Vamos embora."

"Mas e os outros?"

"Você ainda não entendeu o que aconteceu, né?"

"Como assim?"

"Os tiros que você ouviu não foram nossos."

"Como é possível?"

"Não sei. Mas não descobriremos isso durante a noite e certamente não vamos investigar sozinhos. Vamos voltar e formar uma equipe de resgate."

"Resgate?" – o garoto já fizera seu caminho até o banco do motorista, girando a chave na ignição.

"Não podemos revelar fraquezas agora. Precisamos fazer com que nossos homens se sintam motivados a lutar e não existe motivador maior do que o medo e o ódio. Vamos destruir essas pessoas e, quando terminarmos, seja lá o que o General estiver sonhando em fazer com aquela putinha de ontem vai parecer um carinho de boa noite."

A primeira coisa que fez quando chegou ao forte foi se dirigir à enfermaria, onde o General o aguardava, já acordado mas bastante pálido em resposta à perda de sangue e a demora em seu atendimento, ansioso por boas notícias. Mas foi com o médico e seu assistente que Vinicius falou primeiro.

"Saiam daqui. Eu e o General precisamos conversar a sós."

Não houve discussão. Logo estavam sozinhos, a porta de madeira fechada atrás deles separando-os do resto do mundo.

"Como o Senhor está se sentindo?"

"Como se uma vagabunda tivesse arrancado o meu pau com os dentes. E você?"

"Me desculpe, Senhor, mas as notícias não são boas"

"Não acho que tem muito como piorar a minha situação. Fale logo de uma vez."

"Tenho razões para acreditar que perdemos nossos homens hoje durante nossa missão."

"Como isso aconteceu?"

"Não sei, mas acho que não estamos lidando com o mesmo tipo de pessoas que estamos acostumados a receber por aqui."

"E o que você pretende fazer a respeito disso?"

"Destruir cada um deles, Senhor."

"Ótimo. E não me incomode novamente até que as cabeças destes intrusos estejam espetadas em varas no meio da estrada."

"Sim, Senhor."

"Temos mordedores à nossa disposiç~o ainda ou foram todos eliminados ontem nas jaulas?"

"Temos alguns, mas não o bastante para um ataque."

"Então mande uma equipe ao continente para trazer mais alguns. Quero destruir essa gente com força total. Quero ver aquela praia coberta de areia vermelha."

"Sim, Senhor."

Vinícius deixou o aposento, permitindo que o médico retornasse aos cuidados de seu líder. Lhe dava uma tristeza inerente ver o homem que ele admirava em uma posição tão frágil, deixando de ser o Grande General Alencar e se tornando apenas Carlos Alberto, um homem de meia idade já grisalho e cansado que nunca mais teria uma ereção.

Afastou este pensamento deprimente da cabeça e ordenou que todos os homens disponíveis se reunissem no jardim da frente do forte em dez minutos. Lavou o rosto, enxugando o stress dos olhos e desceu ao encontro de suas tropas, mais de uma centena de homens enfileirados esperando por uma direção, uma razão para seguir em frente.

Ele se ergueu sobre os degraus da escadaria de pedra, colocando-se acima da multidão. Aquela sensação de poder começara a lhe agradar.

"Como alguns de vocês já devem saber, estamos sob ameaça. Um grupo de sobreviventes se alojou do outro lado da ilha e estão atacando nossos homens. Estão atacando vocês. Nosso elemento surpresa é que eles não sabem que estamos cientes de sua existência. Precisamos de voluntários para ir ao continente em uma missão muito importante. Precisamos de homens preparados para trazer os mortos de volta. Não estamos falando de meia dúzia. Desta vez, precisamos de um exército. Vamos atacar esses invasores com força total."

A multidão berrava e aplaudia. Não seriam destruídos por alguns rebeldes.

"Vocês têm esta noite para decidir se querem lutar pelos seus irmãos ou se preferem morrer como covardes. Os barcos sairão para a costa assim que amanhecer."

Sob uma salva de assovios e aplausos, simplesmente se virou e entrou no forte, se arrastando exausto e assustado para seus aposentos. Não se lembrava a última vez na vida que sentira tanto medo da morte como no silêncio frio do quarto de pedra que agora o protegia do mundo exterior.

A CÚPULA

Penny e Johnny chegaram de volta ao acampamento com os rostos e roupas respingados de sangue sem dizer uma palavra. Utilizando apenas o olhar, foram convocando as pessoas que confiavam para tomar uma decisão importante: E agora, o que fazer?

Rogério, Marcela, Serginho, Diego e Vitor se reuniram a eles no escritório principal da pousada, um local que não seriam incomodados senão em caso de emergência e qual poderia ser maior do que a que enfrentavam agora? O silêncio reinava entre eles, que esperavam a narrativa que justificasse a aparência dos dois. Foi Johnny quem começou a falar.

"Bom, galera, não tem muito como pintar a situação agora. Chegou o momento que estávamos esperando. Estamos sendo atacados."

"O que aconteceu? Eu acertei um deles, certo? Quantos eram?" – A ansiedade de Rogério disparava sem freios.

"Desta vez, apenas dois. Sim, você acertou um deles de raspão e a Penny terminou o serviço. Conseguimos matar os dois."

"Se eram apenas dois, então não é tão perigoso assim." – Marcela tentava controlar a situação, ou encontrar um mínimo de controle;

"Pelo contrário. A sensação é de que trouxeram duas pessoas completamente dispensáveis." – Johnny respondeu seco.

"Como vocês podem ter certeza? De repente eram apenas eles, seguindo as placas pela estrada como o resto dessas pessoas. De repente não são tão perigosos quanto a gente pensa."

Foi Penny quem interrompeu o raciocínio otimista de Serginho.

"Vocês não viram aquela cova. Não estamos falando de uma dúzia de corpos, estamos falando de centenas. Mulheres, CRIANÇAS. Não são só alguns desgarrados querendo nos atacar, são as pessoas responsáveis por uma porra de um genocídio."

"Desculpa, Penny, eu não quis...."

"Tudo bem, Serginho, eu só preciso que todos vocês entendam que isso aqui não é brincadeira. Não é um joguinho. Não é algo que qualquer um de nós já tenha encontrado antes. Isso aqui é uma porra de uma guerra e, pelo que pudemos perceber, nós estamos em desvantagem."

"É por isso que chamamos vocês aqui. Temos uma decisão muito importante a tomar." – Johnny reforçou o ponto dela. – "Vamos ter que investigar, que invadir o território deles e descobrir com o que estamos lidando."

"Isso é perigoso demais." – Vitor tremia visivelmente.

"Ficarmos aqui esperando é mais perigoso ainda. VOCÊS NÃO PERCEBEM ISSO?" – Penny se tornara exasperada com a falta de preocupação do grupo. Ou a ilusão de segurança se tornara confortável demais, e isso podia ser ainda mais perigoso.

"É sério, pessoal, vamos ter que traçar uma estratégia para descobrir com o que estamos lidando. Vamos ter que espiar e estudar e só então definir o que fazer. Lutamos muito pra construir isso aqui." – Johnny tentava ser positivo, mas não conseguia.

"Qual a sua sugestão?" – Rogério estava convencido só de olhar a expressão dos dois, o sangue secando contra a pele deles e rachando as gotas já amarronzadas.

"Vamos ter que desmontar o nosso mapa colorido. Não queremos deixar uma trilha pronta para que venham até nós com facilidade. Uma equipe cuidará disso. Vitor e Marcela, conto com vocês pra isso."

Ambos acenaram positivamente com a cabeça sem dizer uma palavra.

"Vamos ter que encontrar um caminho, alguma forma de cruzar o vale e entrar realmente no território deles. Quero nossos melhores lutadores nisso. Rogério, você vem comigo e com a Penny."

"E eu?" – Serginho parecia ofendido – "Não quero ficar pra trás."

"Desculpa, cara, mas você ainda não está fisicamente preparado pra avançar pela mata. Preciso de você aqui, com toda a sua habilidade no rifle, para o caso de outros deles aparecerem quando estivermos fora."

Todos concordaram. Diego foi o próximo a falar, sua cabeça já pensando mais à frente.

"Vocês vão ter que se preparar para passar alguns dias fora. Não dá pra ficar indo e voltando toda noite, não vamos avançar muito assim."

"É, eu sei disso. Me preocupo em passar tanto tempo longe, mas não terá outro jeito. Nós três também temos mais experiência nisso depois de tudo que fizemos para sair da mansão."

"Quando você quer partir?"

"Amanhã pela manhã. Descansem e se preparem. Não deixem que o pessoal novo relaxe o treinamento, mas ainda não precisam deixá-los preocupados, está bem?"

"Claro, Johnny. Pode deixar que a gente cuida disso." – Serginho deixou claro que levaria muito à sério sua missão de proteger o acampamento e cada um deles com toda a sua força de gigante.

Aos poucos, todos deixaram o escritório em pequenos grupos. Quando ficaram sozinhos, Penny tomou Johnny pela mão.

"Vem, Cowboy. Você, mais do que ninguém, precisa de uma boa noite de sono."

"Até parece que eu consigo isso hoje em dia."

"Vem, você não precisa bancar o herói comigo. Vamos deitar. Eu, você e o Max. O mundo ainda estará em ruínas pela manhã."

Ele sorriu pra ela, se deixando ser puxado pela mão em direção ao quarto, onde Max esperava por eles com a língua de fora abrindo um sorriso.

Ele se sentou na cama e deixou que ela limpasse o sangue de seu rosto com uma toalha úmida e o despisse, sorrindo e sussurrando de um jeito meio mandão e meio carinhoso.

"Vai dormir, Cowboy!"

Ele se ajeitou na cama e fechou os olhos, sentindo Max se ajeitar na dobra de seu joelho e escutando a água do chuveiro começar a cair no banheiro enquanto Penny lavava o sangue de seu próprio corpo.

A última coisa que se percebeu antes de se render ao sono foi o cabelo dela ainda molhado tocar o seu rosto quando ela se deitou, encaixando nele o corpo nu ainda morno e entrelaçando suas pernas nas dele.

A SEDE

Sua primeira lembrança desde que abrira os novos olhos fora a fome que sentira, o desejo por carne humana que parecia nunca se satisfazer.

No entanto, desde que as mudanças começaram, percebera que a fome se transformara em sede. Sim, poderia se alimentar da carne fresca e jovem de uma criança suculenta, mas aquilo não o satisfazia mais. O que seu corpo passara a ansiar era sangue. Quente, vermelho, pulsante. Sangue vivo.

Sentia as mudanças percorrendo seu sistema, se espalhando por células ainda intocadas, mas precisava que sua corrente sanguínea funcionasse para isso e, portanto, precisava manter o sangue fluindo. Passara a beber suas vítimas ao invés de devorá-las, deixando para seus seguidores uma trilha de corpos à espera deles, carne de sobra para o seu exército crescente.

Fisicamente, as alterações continuavam adaptando-se às novas necessidades que descobria a cada novo ataque. Sua boca se alargara ainda mais, permitindo que envolvesse pescoços inteiros com os dentes que, agora, pareciam presas. Pouco restara da moldura humana com a qual havia começado sua jornada.

Passou a enxergar melhor no escuro também, permitindo uma caça muito mais apurada e reflexos muito mais rápidos durante perseguições.

Seus músculos se tornaram mais duros e resistentes. Além de não sentir mais o cansaço, mantinha a velocidade constante em longas distâncias, alcançando facilmente qualquer presa que se atrevesse a tentar escapar. Suas articulações eram agora mais flexíveis, permitindo saltos de longa distância que o colocava rapidamente sobre qualquer inimigo. Um predador que se adaptava à presa. A natureza jamais poderia ter criado algo tão perfeito quanto ele.

Todas aquelas mudanças deveriam aterrorizá-lo, mas apenas o deleitavam. Já não se preocupava em olhar-se no espelho para verificar as alterações, sentia-as impressas no próprio código genético e as observava se multiplicarem em sua prole por meio de sua consciência coletiva. Sabia que estavam se alterando com ele. Não com a mesma facilidade ou velocidade, mas ocorriam também. Ele era o princípio de tudo e, como um bom parasita, se espalhava por tudo que tocava. O topo da cadeia alimentar e este era apenas o princípio.

Sabia que seu exército crescia a cada dia. Embora o alcance de sua visão múltipla se limitasse àqueles que ele criara pessoalmente, sentia a rede crescer em suas veias. Cada criatura transformada era um novo impulso elétrico em seu sistema. Ele redefinira o conceito de metamorfose e, diante da extinção da humanidade, ele era o criador. Invariavelmente, questionava-se qual pergunta sua versão humana teria feito a Deus se o encontrasse e sempre acabava rindo para si mesmo. Deus não precisa fazer perguntas.

Conseguira superar as fraquezas da raça zumbi, desenvolver-se diante das condições adversas de sua fraqueza humana e, naquele instante, sentia a pele do rosto se repuxar na altura da mandíbula, mais uma evolução que ocorria dentro de si, mais uma adaptação que seria impossível se ele não fosse forte o bastante para carregá-la consigo.

Estava no meio do mato, sua localização precisa era insignificante. Acabara de sorver o sangue quente de uma família inteira e, agora, se jogara deitado na relva sobre o orvalho úmido enquanto regozijava-se em sentir seu ser se tornar ainda mais superior do que ele sonhara quando já acreditava ter sido feito um Deus. O que havia acima de Deus? Somente ele sabia a resposta. A resposta era sua própria existência.

INCÓGNITOS

Haviam deixado o acampamento antes de amanhecer completamente. Nas costas, as mochilas levavam apenas o básico para evitar carregamento de peso desnecessário, Água, comida e munição. Todo o resto teriam de encontrar pelo caminho e Penny sabia que, ao lado de Johnny, isso não seria um problema.

Caminharam longe da linha da floresta, o mais distante possível sendo que ainda mantivessem a linha da margem do vale em vista. Não havia conversa. As típicas brincadeiras de Rogério estavam caladas. A parte mais difícil para Johnny fora deixar Max para trás, mas não podia arriscar a vida dele. Penny tivera que convencê-lo, mas só a ameaça da vida do animal era o bastante para que o lado paterno e protetor de Johnny viesse à tona.

Não encontraram absolutamente nada pelo caminho no primeiro dia embora tenham seguido mais longe do que qualquer outra tentativa anterior e, quando o sol começou a se por, ainda não haviam encontrado uma forma de atravessar o vale.

"Não vamos seguir à noite. Precisamos achar um lugar pra acampar." – Johnny já começou a olhar em volta para selecionar o melhor lugar.

"Eu faço o primeiro turno." – Rogério se ofereceu – "Posso subir em alguma árvore e ter uma visão mais extensa do outro lado. É meu ponto forte, afinal."

"Não é arriscado? E se você adormecer, cair e quebrar uma perna?" – Johnny tentava ser cauteloso.

"Estarmos aqui já é arriscado. Que diferença faz?"

"'Não é uma má ideia, na verdade. De cima, você vai conseguir ver toda a extensão do vale. Vale à pena tentar." – Penny só conseguia focar na lembrança dos corpos.

Johnny ajudou Rogério a escolher uma boa localização, onde ele se ajeitou enquanto Penny arrumava as mochilas fazendo o melhor possível para emular dois travesseiros. Usaram os próprios casacos para se cobrir e foram deitar. Demoraram para conseguir pegar no sono, mas nenhum deles disse uma palavra, torcendo para o outro acreditar que haviam adormecido enquanto tentavam respirar em sintonia.

Penny assumira o último turno de vigia e se responsabilizou em acordar os outros assim que amanheceu. Sem muita cerimônia, logo se colocaram em pé e reiniciaram o caminho. As conversas eram raras, esparsas.

Apenas quando a tarde já havia caído foi que Johnny reparou uma estrutura antiga que se assemelhava a uma ponte completamente coberta de vinhas e heras. Era uma ponte de corda, de aparência frágil e descuidada, mas era alguma coisa. Penny se aproximou, analisando com cuidado. Era claro que aquilo não era utilizado há muito tempo, nenhum traço de humanos ou animais para alterar o crescimento natural da vegetação ao redor.

"Você acha que eles conhecem isso aqui?" – Ela perguntou incrédula.

"Olha, eu acho que não. Quer dizer, você viu aquela pilha de corpos, aquela escada escrota. Se eles tivessem chegado até aqui, já teriam tentando reconstruir ou utilizar de alguma forma."

"Será que ela aguenta a gente?"

"Não, gente, peraí!" – Rogério soava indignado – "Vocês não podem estar falando sério. Esse negócio n~o aguenta nem uma pena."

"Você tem ideia melhor?" – Paciência nunca fora o forte dela.

"Podemos continuar seguindo o vale, achar o final dele."

"Desperdício de tempo. E se ele só desembocar na praia?" – Penny se tornava cada segundo mais irritada.

"Quem vai primeiro?" – Johnny ignorou completamente o questionamento.

A frase dele sequer terminara e Penny já estava com o primeiro pé em cima da primeira tábua, as mãos agarrando firmes no corrimão de corda e os olhos focados no caminho à frente, sem cogitar olhar para o abismo abaixo de seus pés..

Rogério roía as unhas de nervosismo enquanto Johnny observava admirado, ansiosamente aguardando a sua vez. Tudo que ele amava sobre ela estava na bravura indômita que a consumia. Penny escutou as tábuas rangerem sob seus pés, caminhando lentamente e desviando dos obstáculos naturais das vinhas que se enroscavam na estrutura frágil. Ágil como uma gata escaldada.

Assim que ela alcançou o outro lado, Johnny se virou para Rogério, sua voz vibrando em antecipação:

"Quer ser o próximo ou quer ficar pro final?"

Rogério se adiantou, pensando em todos os filmes de aventura que já vira na vida e em como o último sempre acabava quebrando a cara. Ele não seria aquela pessoa. Ao menos não voluntariamente.

Ele era o mais pesado entre os três e o mais nervoso, com certeza. Com o rifle pendurado nas costas, tentou seguir os mesmos passos de Penny, que o esperava do outro lado do vale estendendo as mãos para ajudá-lo quando chegasse ao final.

Seu pé se enroscou em uma hera, ele tropeçou e quase perdeu o equilíbrio, fazendo os outros dois segurarem a respiração até ele mostrar que estava bem. Apesar do susto, chegou ao outro lado ileso. Sentia o coração bater tão forte que quase lhe rasgava a camiseta.

Johnny foi o último e, contra todas as expectativas pessimistas de Rogério, nenhuma tábua se partiu. Com a destreza de um gato selvagem, ele saltou entre as vinhas e galhos e, rapidamente, havia feito a travessia. Parecia até animado com a peripécia.

Assim que possível, buscaram a proteção da mata. Logo notaram que a floresta era menos densa daquele lado, encontrando grandes clareiras e alguns descampados que os deixavam nervosos. Decidiram acampar antes de anoitecer para garantir que estivessem preparados caso sofressem um encontro inesperado. Aquele era território desconhecido e não poderiam se arriscar mais do que o necessário.

Penny sugeriu que todos passassem a noite em cima das árvores. Vira aquilo em um filme uma vez e achava que poderia reproduzir o mesmo esquema se conseguissem se amarrar nos galhos mais fortes com seus casacos. Não parecia exatamente a coisa mais segura do mundo, mas era melhor do que se colocarem à mercê daqueles estranhos com covas expostas.

Era Johnny quem estava de vigia quando o ronco de um motor acordou a todos. No susto, Rogério quase derrubou a si próprio do galho da qual repousava, mas Johnny teve o reflexo de segurá-lo antes que fosse tarde demais.

Viram os faróis se pronunciando à distância e seguraram a respiração, aflitos. Estavam indo na direção da cova, apenas alguns quilômetros para trás deles. Não conseguiram mais dormir o resto da noite. A conversa só retornou pela manhã. Até então, estavam todos mergulhados em seus próprios pensamentos.

"Eu não acredito que eles têm um carro. Um maldito carro. Conseguem atravessar a ilha inteira em apenas algumas horas."

"Pelo menos eles deixaram os rastros dos pneus, vamos conseguir descobrir a origem do acampamento deles." – Johnny continuava em sua tentativa de permanecer positivo. Sabia que a namorada tinha uma tendência a esperar o pior e que Rogério podia ser facilmente influenciado.

"Mas isso nos colocaria diretamente na rota deles. Vamos ficar expostos."

"Eu duvido que eles façam qualquer coisa andando com um carro à disposição. Vamos escutar o motor de longe. Teremos tempo o bastante para nos escondermos se isso acontecer."

"Não sei, Johnny, isso era pra ser uma missão de reconhecimento, não de conflitos." – Penny mostrou seu primeiro sinal de fraqueza, mas Johnny sabia que ela era mais forte do que aquilo, que ela conseguia usar o medo para se motivar.

"Confia em mim, Penny." – Puxando-a pela nuca, ele beijou a testa dela três vezes, sentindo o seu cheiro doce enquanto ela arrumava a mochila nas costas – "Eu não vou deixar nada te acontecer."

"É, eu sei disso. Mas e se algo acontecer com VOCÊ?"

*** *** ***

Seguiram a rota dos pneus na terra e logo descobriram-se na beira de um enorme descampado. Foi quando as primeiras vozes se pronunciaram e eles se esconderam o melhor possível para observar pela primeira vez o funcionamento daquele grupo misterioso, o coração nervoso de Rogério quase explodindo no peito ofegante.

Diferente da pequena horta de Marcela, eles haviam criado uma enorme plantação. Estavam arando a terra de um lado ainda intocado enquanto outros pedaços já mostravam crescimento de vegetação. Não tinham carroças ou qualquer equipamento, a visão diante deles era muito pior.

Cerca de dez homens se espalhavam pelo campo, metade deles armados em torno da ferramenta que os outros comandavam. Presos a correntes e pedaços de pau, estavam mortos-vivos. Os desgraçados haviam encontrado uma forma de escravizar os zumbis para fazer o trabalho braçal. Johnny não sabia se achava aquilo cruel ou brilhante antes de decidir que não importava.

Depois do choque inicial, Penny percebeu que havia algo mais naquela cena que fazia os cabelos de sua nuca se erguerem. Tentava definir o que era quando Rogério manifestou as palavras que ecoavam na mente de todos no sussurro mais alto que ela já escutara na vida:

"PUTA... QUE O... PARIU."

"Gente, vocês estão achando isso tudo muito..."

"Estranho?" – Penny terminou a frase de Johnny. Claramente, aquela cena o incomodava também.

"Sim. Os mortos, eles estão..."

"Passivos. Obedientes. Satisfeitos, até."

"Exatamente. Tem dez homens lá. Fortes e saudáveis. Mas eles não estão tentando atacar."

"Quem são essas pessoas, meu Deus?"

"Não sei, mas acho que t| na hora da gente dar o fora daqui." – a voz de Rogério tremia ao perceber essa mudança no comportamento das criaturas.

"Pelo contrário. Agora sim é que precisamos seguir em frente e entender quem diabos são essas pessoas. Precisamos saber com o que estamos lidando, senão vamos acabar todos mortos e puxando os arados deles, se tivermos sorte."

"Como é que a gente vai atravessar esse descampado sem ninguém nos ver?"

"É simples, meninos. Vamos ter que esperar anoitecer. Olhem pra eles, estão tranquilos. Não somos uma ameaça, vão dormir esta noite como se estivessem na porra da Disneylândia."

Com o final da tarde, o grupo de soldados se organizou para partir, deixando os zumbis acorrentados presos em árvores que circundavam o campo. Por medida de segurança, os três aguardaram mais algumas horas pela escuridão completa, conferindo que não haveria outro turno e deixando para seguir caminho apenas quando a luz da lua era a única iluminação disponível.

Atravessaram o campo bastante apreensivos, esperando retaliação, mas não houve nada. Nem mesmo grunhidos deixavam as bocas pendentes do sentinelas mortos. Embora aquele som fosse aterrorizante no passado, a ausência dele era o que estava levando Penny à loucura agora. Ela reconhecia o zumbido constante, mas o silêncio absoluto era muito, muito pior.

Seguiram as pegadas descuidadas deixadas pelos homens na mata. Se não estavam usando nenhum veículo motorizado, não deveriam estar muito longe.

Seguiram por cerca de uma hora pela floresta, os traços do luar fazendo desenhos geométricos no chão de galhos e folhas secas. Seriam lindos se conseguissem prestar atenção. Vez por outra, escutavam um pio de coruja, mas no geral o que reinava ali era o silêncio e o som de seus passos.

Penny decidiu que preferia caminhar à noite, no ar fresco, sentindo o cheiro de terra se erguer no meio da mata. Era uma agradável mudança ao ar salgado de maresia que sentia na pousada. Ainda estava com isso em mente quando o braço de Johnny tocou seu corpo, indicando que deveria parar onde estava. Seu instinto confiava tão completamente no Cowboy que parou imediatamente sem sequer perceber.

Ela olhou na direção que ele olhava e viu o que o fez parar. Não muito longe dali, erguido sobre as pedras da encosta do oceano, estava uma enorme construção de pedra. Um pequeno castelo que ela logo reconheceu como um forte, provavelmente muito antigo. Havia guardas ao redor, todos fortemente armados.

"Eles tem tudo. Como vamos entrar ali?" – Penny perguntou, para o pavor de Rogério.

"Não vamos. Não hoje. Vamos encontrar algum lugar seguro e observar de longe. Não queremos chamar a atenção deles, mas precisamos saber com o que estamos lidando." – Johnny foi mais estratégico, mantendo em mente as lições aprendidas com Diego.

"Castelos, automóveis, zumbis obedientes... Eu já não estou entendendo mais nada. Só sei que não gosto nem um pouco do que estamos descobrindo." – Rogério não se esforçou pra esconder o medo que o assolava a cada novidade que encontravam pelo caminho.

OS OBSERVADORES

Afastaram-se o máximo possível dos locais que perceberam serem rotas comuns aos soldados. Utilizavam a mira do rifle de Rogério para observar seus inimigos. Em suas mochilas, com uma boa dose de restrição de recursos, tinham o bastante para passar cerca de quatro dias na mata, sem levar em conta o caminho de volta, que lhes custaria mais dois dias de caminhada - no mínimo.

A primeira coisa que perceberam foi a grande quantidade de faces distintas que deixavam os portões do forte. O grupo era muito maior do que esperavam, devia haver uma centena deles espalhados por ali, todos homens, e nunca saíam sozinhos. Este podia ser um problema muito sério para a pequena comunidade deles.

Outra coisa facilmente observada era a variedade de armas que carregavam. Nem mesmo um único deles saía sem carregar ao menos uma pistola no cinto. Johnny se perguntava se tinham munição para tanto equipamento e como conseguiam aquilo, mas sabia a resposta, estava naquela vala de cadáveres.

O grupo que reconheceram da lavoura saía todos os dias pela manhã e retornava ao final da tarde. Nunca traziam consigo os mortos que usavam como trabalhadores. No segundo dia de observação, viram a chegada de um novo grupo de sobreviventes ser recebido na escadaria por um homem que não se misturava aos demais, provavelmente um líder entre eles. Parecia ser uma família, com duas crianças pequenas e dois adultos muito desnutridos. Foram guiados para dentro e, naquela noite, não havia uma única luz acesa pelas janelas do forte. O estomago de Penny parecia revirar, sabendo o destino que os aguardava e sem saber se poderia fazer algo para evitar.

Na manhã seguinte, o jipe deixou o forte e retornou em menos de uma hora completa.

"A cova." – Penny sussurrou.

"O que tem?"

"Eles foram até a cova, desovar os corpos de ontem. Aposto que os veremos no topo daquele poço de cadáveres quando retornarmos para o acampamento. A família inteira ou, ao menos, as crianças."

"Os avisos na estrada. Estão atraindo os sobreviventes para roubar recursos." – Johnny sentiu seu sangue ferver.

"Exatamente. É por isso que possuem tantas armas à disposição. Oferecem proteção e abrigo. Não duvido nem que entreguem no começo. E quando conquistam a confiança deles, os roubam e os largam no vale, como pedaços de lixo inúteis."

"Eles são apenas uma versão melhor estruturada de Gomes. Aposto que aquele cara que vimos ontem nem é o líder."

"Não, o líder deve estar sentando na porra do trono desse castelo de horrores só assistindo a carnificina. Esse tipo de gente nunca assume a linha de frente."

"Vamos dar o fora daqui, gente. Sério. Já não vimos o bastante?" – a crescente ansiedade era evidente nas palavras de Rogério. Os outros o ignoraram, engajados na discussão.

“Mas os mortos. Aquilo ainda não faz sentido.” – Penny se sentia insegura com aquela visão inesperada.

“Sim, essa é a parte mais estranha disso tudo.”

“Eu passei um ano com dois deles no meu quintal e, mesmo sem os braços, eles ainda tentavam me atacar a cada oportunidade que tinham. Isso aqui... Isso aqui não é normal.”

“Talvez seja hora de voltarmos. Vamos relatar o que vimos e ver se alguém tem alguma ideia do que pode estar acontecendo.”

“Finalmente, alguém com juízo aqui!” – Ele começava a juntar suas coisas, pronto pra sair daquele lugar.

“Calma, Rogério, estamos bem no meio do território deles. Vamos esperar anoitecer antes de sair andando.”

Novamente sob o feitiço da lua, iniciaram o caminho de volta. Ao alcançarem o descampado, Penny pediu que esperassem e se aproximou para ver de perto um dos zumbis acorrentado a uma árvore.

Percebeu que ele reagiu à sua presença, sua proximidade, mas não da forma como ela esperava. Não estendeu os braços desesperados em sua direção e não começou a morder o ar em busca de sua pele. Ele moveu a cabeça em sua direção, sentindo seu cheiro, buscando seu rosto com os olhos leitosos. Arreganhou a boca rasgada da mesma forma que um cachorro faria antes de saltar para um ataque. Entre todas aquelas respostas estranhas que observara, a que mais lhe incomodou foi o cheiro dele. O aspecto da pele mostrava que ele entrara em decomposição, mas o fedor ácido característico daquelas criaturas que ela conhecia tão bem estava menos pronunciado, como se algo tivesse parado o processo da podridão. Como se tivesse parado de se decompor.

Sentiu a mão de Johnny puxar seu braço e a voz dele sussurrar ao seu lado.

"Penny, venha. Vamos embora. Por favor, Gata."

"Tem algo muito errado acontecendo aqui, Johnny." – Seu incômodo era diferente do que ou outros sentiam. Ela entendia isso, mesmo sem saber explicar a razão.

"Eu sei. Eu também percebi. Vem, vamos pra casa e resolver o que vamos fazer. Vem comigo, Gata. Por favor."

Ela se deixou puxar pela mão do namorado e retomou o caminho de volta. Alcançaram a ponte rapidamente, avançando mais rapidamente sem o calor do sol em suas cabeças.

"Eu não acho uma boa a gente atravessar durante a noite. Esse negócio tá muito instável." – Rogério era sempre o mais cauteloso.

"Prefiro arriscar a ponte do que passar a noite tão perto deles." – Penny respondeu já se equilibrando sobre as tábuas, seguida por Johnny. Rogério não teve escolha e passou praticamente correndo, sentindo as tábuas rangerem sob seus pés, mas permanecerem intactas.

"Eu ODEIO esse lugar."

Pela manhã, ao alcançarem a cova, Penny fez questão de se aproximar e verificar se suas suspeitas eram justificadas. Lá estavam eles, quatro cadáveres frescos, dois adultos e duas crianças, todos nus e feridos, buracos de balas nas cabeças.

"Vem, Penny, não adianta insistirmos nisso agora."

"Não, é bom, Alimenta meu ódio. Você me conhece como ninguém."

Depois de alguns minutos, retomaram a caminhada de volta para a praia, desta vez sem os trapos coloridos para guiá-los.

O EXÉRCITO DOS MORTOS

Passaram-se alguns dias antes que os barcos retornassem da missão de resgatar os mortos para serem usados como armas nessa guerra que estavam prestes a travar. Vinícius afirmara ao General que isso era normal, mas sabia muito bem que a demora estava excessiva. Uma missão daquelas nunca levara tanto tempo para ser completada.

Começou a passar horas por dia no telhado, observando o mar, vendo o continente se pronunciar ao longe em um horizonte quase imperceptível, buscando qualquer sinal de que seus homens estavam retornando. Só respirou aliviado quando viu as velas se pronunciarem e todas as três embarcações que partiram retornavam sem danos aparentes.

Desceu até a praia para receber as equipes e se deparou com dezenas de homens exaustos, destruídos, completamente moídos. Ordenou que os líderes de cada embarcação o aguardassem dentro do forte enquanto os outros estocassem os mortos nas construções secundárias, uma mistura de senzalas e calabouços espalhados pelo terreno. Resquícios de um mundo mais parecido com o seu do que conhecia antes.

Garantindo que o trabalho continuaria sem sua presença, foi ao encontro dos líderes em uma das luxuosas salas aveludadas. Foi recebido por três soldados enormes, fortes como cavalos. Cada um deles carregando uma expressão mais derrotada do que o outro.

"Alguém vai me explicar a razão desta demora?"

Por alguns instantes, os três permaneceram mudos, e então um deles se justificou:

"Eles não são os mesmos."

"Sim, eu sei que nossos homens estão desmotivados, que o que aconteceu ao General assustou a todos, mas..."

"Não.... Senhor? não os nossos homens. Eles."

"Eles?"

"Os mortos."

Vinicius os encarou, confusão estampada nos olhos. O que possivelmente poderia ter mudado além do estado de decomposição das criaturas horrendas?

"Como assim?"

"Não estávamos preparados, Senhor. Perdemos mais de vinte homens só no primeiro dia. Pensamos que nossos problemas estavam resolvidos, que só precisávamos trazer de volta aqueles que tinham sido mordidos, mas eles... eles mudaram mais rápido do que a gente esperava e perdemos mais dezoito homens em questão de minutos."

"Nunca vimos nada assim, Senhor. Achávamos que estaríamos todos mortos em apenas algumas horas."

"Foi horrível. Eles se transformavam em minutos, mordendo o homem ao lado, que mordia o homem ao lado e assim por diante."

"Não tivemos tempo de entender, voltamos correndo para os barcos, todos os que restaram. Levamos dois dias apenas para decidir como faríamos para alcançar o continente em segurança."

"Os mortos... Eles não partiram, não se espalharam. Ficaram ali, em pé, nos esperando. Era como se soubessem que estávamos lá."

"Isso é ridículo! Estão mortos, como poderiam saber que estavam lá?"

"Não podemos explicar, Senhor, mas que eles sabiam... Ah, eles sabiam. Ficaram à nossa espera. Tipo aquele pessoal que chega aqui, sabe, sem saber a verdade?"

"Quantos homens perdemos ao todo?" – Vinicius escolheu ignorar o comentário comparativo. Era mais fácil dormir à noite se esquecesse disso.

"Cerca de metade dos que partiram."

"E quantos mortos vocês trouxeram de volta?"

"Quase duas dúzias. A maioria deles são nossos próprios homens transformados."

"Ótimo. Coloque-nos para trabalhar."

"Senhor? Eu acredito que isso não será possível. Eles não são como os outros, os novos. Eles são mais selvagens. Parecem organizados, quase... inteligentes."

"Que grande bobagem! Parem de besteira e comecem a organizá-los. Tenho que avisar o General das baixar sofridas e algo me diz que ele não vai gostar nem um pouco disso."

"Sim, Senhor." – Vinicius não podia ignorar sentir as vozes tremerem ainda que fora de sintonia. Algo errado realmente ocorria ali.

RESGATE INESPERADO

O silêncio reinava no escritório principal. Aqueles que acabaram de escutar a narrativa dos três aventureiros agora absorviam as informações em silêncio. Todos aguardavam que outro falasse alguma coisa. Johnny encarava Diego, percebendo que o rosto calado raciocinada sem parar.

"Um castelo, é?" – Foram as primeiras palavras dele, decepcionando a todos.

"Sim, um castelo de pedra, tipo aqueles que a gente encontra nas partes mais antigas do Rio de Janeiro, da época do descobrimento."

"Eu acredito que tem uma forma de entrarmos sem que percebam."

"É sério isso?"

"Era comum naquela época a construção de fossos subterrâneos que levassem para fora das dependências do castelo, túneis nas quais os empregados e escravos transitavam fazendo a parte suja do trabalho, aquela que os nobres não queriam ver. Tipo uma rede de esgotos." – Diego comprovava seu conhecimento em história novamente.

"Não encontramos nada disso."

"Imagino que não mesmo. Essas coisas desembocavam para o lado da praia, facilitando o escoamento e vocês foram pelo lado oposto. Se dermos a volta, talvez possamos encontrar uma dessas saídas."

"O que faz você pensar que eles já não encontraram essas saídas, que não estão fortemente guardadas?" — Johnny parecia descrente ainda.

"Eu não disse isso, disse que provavelmente existem. E acredito que seja melhor do que chegar entrando pela porta da frente."

"Bom, não é o melhor plano do mundo, mas é um plano."

Penny sorriu para eles.

"Eu tenho uma ideia. Não é sem falhas e muita coisa pode dar errada, muita mesmo. Mas é um começo."

"Pode falar."

"Nós vimos um grupo chegar de barco e ser levado para dentro pela porta da frente. Chegaram de barco pela praia."

"E foram mortos." — Rogério atravessou sua explicação.

"Sim, eu sei, mas eu não terminei meu raciocínio ainda."

Ele levantou os braços em um pedido de desculpas, convidando-a a continuar.

"Eles estão esperando que a gente chegue por terra, da direção de onde os dois que matamos desapareceram. Não viram ameaças em um grupo novo, que chegou desavisado. Vamos contornar a ilha em um dos barcos menores. Alguns de nós desembarcam antes de chegarmos na praia e esperam o anoitecer enquanto os outros se fingem de sobreviventes desesperados e entram pela porta da frente, convidados especiais, como aqueles que observamos. Quem ficar para trás entra pelos tais túneis, um ataque inesperado, para resgatar quem já estiver lá dentro. Assim, atacamos por dentro e por fora ao mesmo tempo, um elemento surpresa."

"Tá, mas a gente entra e faz exatamente o que?"

"Tomamos a liderança. Dominamos o líder e os expulsamos de lá."

"Penny, há centenas destes homens ali."

"Sim, e todos eles mais do que dispostos a seguir um líder. Ninguém ali quer ter o papel de destaque, estão apenas aproveitando as vantagens do castelo. Podemos assumir essa posição e trazê-los para o nosso lado."

"Um golpe de estado?" – Johnny começou a visualizar o plano.

"Exatamente."

"E se isso não funcionar? E se eles não se renderem?" – Rogério continuava ansioso.

"Matamos todos."

"Simples assim?"

"Simples assim. Eles s~o monstros e fazem isso por obrigação ou por vontade própria. Minha proposta vai libertá-los ou fazer justiça. Não vejo problema algum com isso."

"Isso me parece uma miss~o suicida." – Serginho parecia preocupado. Olhava na direção de Johnny buscando alguma forma de conforto, alguma afirmação, mas o semblante do cowboy era pensativo, encarando Penny enquanto suas palavras ecoavam na mente dele.

"Penny, isso soa muito arriscado mesmo."

"Johnny, nós já entramos em um hotel com mais zumbis do que existem soldados naquele castelo e estávamos em menos gente e menos preparados do que estamos agora."

Marcela se pronunciou finalmente, a resolução clara na sua voz.

"E eu não estaria aqui agora se vocês não tivessem feito isso. Eu estou dentro, Penny."

"Mais alguém?"

Rogério olhou com carinho para Marcela, pensando em tudo que viveram juntos desde que a resgataram. Não a deixaria fazer algo assim sozinha:

"Pode contar comigo."

"Johnny, eu não posso fazer isso sem você." – Penny olhava para ele séria, recordando as palavras que ele mesmo lhe dissera no dia anterior.

"Melhor morrer brigando do que aqui esperando o ataque acontecer. Eu estou com você, Gata. Sempre."

"Se você vai, eu vou também. Desta vez eu não vou ficar para trás." – Serginho foi categórico.

"Acho que sobrou pra mim defender o acampamento. Vou falar com os novos recrutas que estão mais bem treinados e formar um perímetro de segurança." – Vitor sorriu tímido, escondendo sem muito sucesso seu alívio em ter uma razão para ficar para trás.

"Então é isso, gente. Má, prepare um dos barcos menores, destes que chegaram depois e que a gente pode abrir mão caso tenhamos que deixá-los para trás. Vamos no dividir."

*** *** ***

Contornar a ilha era fácil. As ondas quebravam com calma, sem balançar o pequeno veleiro que selecionaram. Penny, Marcela e Rogério iriam aportar como um grupo indefeso de sobreviventes. Johnny e Serginho ficariam pelo caminho em busca dos túneis. Os deixaram próximos a uma encosta de pedra onde o mar era ainda mais calmo, uma entrada natural de águas quentes. Johnny puxou Penny para perto de si, sentindo o cheiro dos cabelos e plantando-lhe três beijos ao redor dos olhos.

"Te vejo mais tarde, Cowboy!" – Ela tentou lhe transmitir o máximo possível de segurança.

Ele e Serginho Jogaram-se na água com as armas enroladas em plástico e nenhuma mochila nas costas.

Não demorou muito para o restante do grupo alcançasse o destino. Avistaram a praia e os grupos de guardas que ali repousavam. Logo, estavam acenando para eles de forma amigável, o que alimentava o ódio dentro do peito de Penny. Sentia-se entrando novamente na mansão da qual escapara ao lado de Rogério, Johnny e Max tanto tempo atrás.

As armas que levavam com eles estavam sem munição. Precisavam manter o teatro, mas não renderiam mais armas àqueles monstros. Além disso, suas mochilas continham roupas velhas, água e comidas vencidas que restaram dos estoques antigos. Tudo para mostrar uma imagem enfraquecida.

Assim que aportaram, foram acompanhados por três homens até o portão principal do castelo. Discretamente, Penny olhava em volta em busca dos tais túneis, mas não encontrou nada no caminho de areia e terra batida.

"Que sorte a nossa encontrar vocês aqui. Achávamos que aquelas placas eram falsas." – Marcela sorriu docemente para o guarda ao seu lado.

"Estamos aqui para ajudar vocês. Sabemos como é difícil lá fora. Novas chegadas são sempre um evento por aqui."

Na escadaria de pedra que levava à porta principal, estava o homem que Penny vira anteriormente, o suposto líder do grupo segundo seu raciocínio. Embora a aparência física fosse completamente distinta, ela imediatamente o assimilou a Gomes, o ódio fervendo na boca do estômago. Foi ele quem assumiu a frente:

"Venham, vamos preparar uma refeição quente para vocês. Devem estar exaustos. Sigam-se."

Foram levados à sala de estar com seus móveis de veludo e se acomodaram tímidos, mantendo a postura de que eram apenas sobreviventes despreparados para o mundo exterior.

"Vou lhes dar privacidade e deixá-los descansar. Em breve, nossa equipe trará uma boa refeição quente. Não temos um restaurante cinco estrelas aqui, mas nossa cozinha é muito bem equipada dada a atual situação."

Penny sorriu para ele e manteve o esforço muscular de continuar sorrindo até que a porta fosse fechada e estivessem sozinhos novamente. Ela percebeu que Rogério ia dizer alguma coisa e logo subiu um dedo aos lábios. Tinha certeza de que nunca seriam deixados completamente sozinhos. O melhor a fazer agora seria evitar qualquer possibilidade de deslize.

Receberam pães frescos e carne assada acompanhados de taças de água e vinho. Realmente, uma enorme diferença do que estavam acostumados. Junto à refeição, o homem que os acompanhara retornou, sentando-se em uma das poltronas de veludo carmim, cruzando as pernas.

"Meu nome é Vinicius. O General, responsável por tudo que vocês estão vendo aqui, está indisposto e infelizmente não pode vir recebe-los pessoalmente, mas envia seus votos de boas-vindas. Assim, me responsabilizo em acompanha-los aos seus aposentos."

"Aposentos?"

"Sim, temos quartos para todos, com eletricidade solar e água corrente, camas confortáveis e uma bela vista da praia. Vão se sentir tirando férias do trabalho ao invés de sobreviventes do apocalipse." – ele riu da própria piada idiota e Penny o acompanhou. Estavam tentando separá-los e ela sabia disso.

"Sabe, passamos por muita coisa até chegar aqui. Se pudermos nos acomodar todos juntos, seria mais confortável."

"Ah, você não vai querer atrapalhar o jovem casal ali, vai? Certamente, os dois poderiam apreciar um tempo sozinhos." – Rogério e Marcela seguravam as mãos, tornando impossível negar a afirmação de que eram um casal. Penny sentiu certa decepção em entregar uma informação gratuitamente deste forma, mas não deixou transparecer.

"Não, claro que não." – Foi inevitável concordar com ele.

"Podem deixar as mochilas aqui, temos pessoas para carregá-las para vocês. Sigam-me, por favor."

Pronto, agora além de separá-los, os estavam desarmando. Penny esperara por aquilo, de modo que prendera a faca à perna sob a bermuda de sarja com uma fita adesiva que encontrara no escritório e rasgara a base do bolso para ter acesso. Discretamente, tocou o local na qual encontrava-se o cabo, garantindo que a alcançaria facilmente se fosse preciso. A lâmina arranhava sua pele, a ponta da faca lhe alcançando quase o joelho, mas a adrenalina era tanta que ela nem sentia mais e ficava apenas a lembrança de que tinha como se defender caso fosse necessário.

Enquanto eram guiados para os quartos, Penny observava tudo ao seu redor com olhos de lince. As portas, as escadas, os soldados que transitavam. A quantidade de pessoas era inferior ao que esperava e a maioria ficava do lado de fora do castelo, pelo menos durante o dia. Imaginou que, da mesma forma que uma equipe cuidava da terra, deveriam ter grupos cuidando de animais em cativeiro, montando guarda e garantindo o funcionamento dos luxos que obtinham, como eletricidade e água corrente.

Rogério e Marcela foram levados ao primeiro quarto do primeiro andar. Enquanto Vinicius indicava que Penny deveria continuar seguindo com ele, ela trocou seus últimos olhares de avisos com os outros. Logo, estava sozinha com ele no corredor, sendo guiada até a porta ao final do mesmo corredor.

Ele seguia olhando para o corredor à sua frente, as mãos enlaçadas atrás do corpo, mas ela sentia que a observava mesmo assim. Aquele homem a deixava desconfortável com suas palavras cuidadosamente pensadas.

"Sabe, uma menina bonita como você deveria tomar mais cuidado. Tem muita gente por aí cheia de más intenções."

A polidez falsa exalava por todos os poros dele e a deixava enojada. Ela sorriu para ele como se estivesse recebendo um elogio. Foi a única resposta que conseguiu emitir sem saltar sobre sua garganta com fúria assassina.

Ele indicou que haviam chegado à porta certa, a qual ela abriu e se deparou com um enorme quarto antigo, uma cama de dossel que ela só vira em filmes de época e uma janela de vidros coloridos que lhe fornecia uma linda vista do alto da encosta de pedra na qual se encontravam.

"Teremos uma festa esta noite para comemorar a chegada de vocês. Descanse até lá." – ele sorriu e a deixou sozinha. Em silêncio, ela escutou o momento em que ele girou a chave a trancou ali dentro sem forma de escapar.

Tudo que lhe restara naquele momento era a faca em sua perna e a esperança de que Johnny e Serginho encontrassem logo o caminho até ela. Sentou-se à beira da janela acariciando o cabo da faca apenas aguardando o momento certo de colocá-la em uso.

Johnny sentia a água morna lhe cobrir o corpo enquanto se entregava ao balanço das ondas ao lado de Serginho. Assim que alcançaram a praia, desenrolou as armas para garantir que a pólvora das balas continuava seca antes de seguir caminho. Além das quatro pistolas, trazia consigo uma butterfly negra que Penny lhe dera em alguma parada no meio do caminho muito tempo atrás. Serginho trazia seu rifle, uma pistola e uma faca de churrasco que encontraram na pousada.

"Vamos esperar o sol baixar um pouco para seguir caminho."

Quando a tarde se pronunciou, entraram na mata verde seguindo a encosta da praia. Avistavam o castelo ao longe e algumas construções secundárias mais próximas.

"Ali, devem ser as senzalas que Diego mencionou. Se os tuneis existem, devem ser para aquele lado." – Serginho apontou esperançoso.

Continuaram seguindo em silêncio, o único som a respiração ofegante de Serginho que, mesmo exausto, jamais reclamava, e recusava sempre que Johnny perguntava se queria parar.

Quando a lua começou a despontar no horizonte, Johnny reparou um muro de pedra se erguendo preguiçoso do chão, quase inteiramente coberto de vinhas e trepadeiras verdejantes. Disparou naquela direção com Serginho em seu encalço.

"Só pode ser isso. Veja! "

"Johnny, eu acho que eles nunca entraram aqui. Olha a quantidade de planta!"

"Está igual à ponte. Eles foram arrogantes o bastante para achar que os muros de pedra significavam segurança."

"O que estamos esperando? Vamos!"

"Calma, precisamos de algum tipo de iluminação. Eu só tenho alguns fósforos que a Penny deixou comigo. Precisamos fazer uma tocha ou algo do gênero."

Encontraram alguns galhos fortes e secos. Johnny enrolhou algumas folhas e gravetos em trapos de sua camiseta que cortara na hora com a butterfly e enrolou na ponta dos galhos.

Os fósforos ainda estavam úmidos e demoraram para acender, mas conseguiu fazer com que as duas tochas queimassem o bastante para iluminar alguns metros.

"Não temos nenhum tipo de acelerados, então o fogo não vai durar. Teremos que andar rápido."

Serginho foi à frente, usando a faca de churrasco para abrir caminho na vegetação. Johnny o seguia com uma das pistolas em punho para o caso de encontrarem algum errante preso no meio das árvores, o que inevitavelmente aconteceu, mas Serginho foi rápido o bastante para destruí-lo com o facão, evitando o barulho.

Alcançaram o porão do castelo em menos de uma hora, o cheiro de esgoto de séculos ainda impregnado nas paredes. O túnel desembocava em uma pequena abertura de madeira encoberta por um alçapão de madeira que Serginho conseguiu quebrar com o facão, e ele e Johnny subiram bem a tempo de ter um último vislumbre antes das tochas improvisadas se apagarem de vez.

"Johnny?" – a voz de Serginho era um sussurro – "Acho que tem alguém ali. Uma garota."

Uma tosse fraca ecoou da direção em que Serginho parecia indicar na escuridão.

"Tem... Tem alguém aí?" – Serginho continuou.

Outra tosse foi a única resposta e Johnny escutou os passos de Serginho se afastando dele na direção da tosse. Johnny riscou mais um fósforo, tentando reascender a tocha em sua mão, mas tudo que conseguiu foi uma bola de brasas incandescentes. Teria que ser o bastante.

Seguiu o barulho dos passos de Serginho e encontrou o que o amigo agora se agachava para ver de perto. Era uma garota. Completamente nua e o rosto coberto de sangue seco, seus punhos presos com grilhões de metal. Serginho tirou a própria camisa, cobrindo o corpo dela, que o olhou com medo, os olhos se apertando contra a luz das brasas.

"Me matem logo. Eu não aguento mais."

Johnny olhou os olhos do amigo. Nunca vira tanta fúria nos olhos dele em uma década de amizade.

"O que aconteceu com você?" – Johnny percebeu que ao amigo lhe faltaram palavras.

"Eles... Eles me torturaram. Me estupraram. E mataram todos que vieram comigo."

Um único pensamento surgiu na cabeça de Johnny naquele momento, seu corpo se tornando duro de tensão, os músculos queimando em ódio. Ele puxou a faca do bolso, abrindo-a em um único movimento contínuo, soltando o resto da tocha de brasas no chão e empunhando uma pistola no lugar dela.

"Penny!" – Sua mente gritava o nome dela em silêncio. Não deixaria que fizessem o mesmo com ela.

Johnny já estava no meio da escada espiralada, subindo em busca da mulher quando escutou os tiros ecoarem do subsolo em um estouro metálico. Era Serginho arrebentando as correntes da garota e tomando ela no colo, arrastando-a de volta para o túnel enquanto tateava o chão ao redor em busca da abertura.

"Vai. Foge daqui. Siga o túnel para o lado de fora e espere por mim." – Serginho pediu à garota.

"Não! Não me deixa aqui sozinha. Por favor."

"Eu não vou deixar. Eu te encontro do lado de fora. Não posso abandonar meus amigos e prometo que não vamos deixar você. VAI!"

Ele não esperou para descobrir se ela tinha seguido sua orientação, apenas disparou atrás de Johnny tirando a pistola do cinto e correndo escada acima na direção dos tiros que ecoavam do andar de cima em reação aos seus próprios.

Encontrou Johnny no meio de inúmeros corpos jogados pelo chão sem um único arranhão. À beira da escada, na mira do cowboy, estava o suposto líder deles, mais arrumado, mais velho, menos militar.

"ONDE ELES ESTÃO?" – Johnny gritava na direção do homem, a fúria rasgando-lhe a garganta.

"Não sei de quem você está falando." — Vinicius sorria para ele sem demonstrar nenhum remorso por ter deixado seus homens morrerem por ele.

"Só vou perguntar mais UMA vez. ONDE ELES ESTÃO?"

Sem nenhuma resposta do homem exceto pelo sorriso sarcástico, Johnny começou a se aproximar da escada. Serginho o defendia pela retaguarda.

Ele subiu os primeiros degraus da escadaria, se colocando na mesma altura do homem, aproximando seu rosto de forma que seus narizes quase se tocavam.

"PENNY!!!!!" — Chamou com ódio.

A resposta veio do andar de cima.

"JOHNNY! AQUI! VOCÊ CONSEGUE ME ESCUTAR?"

Com o coração disparado, Johnny levantou o punho e deu uma coronhada no homem. Vinícius caiu acertando uma mesa no processo, o supercilio abrindo-se com o impacto. Johnny levantou o pé, descendo o coturno com exatidão da maçã do rosto do homem. Deu-lhe ainda dois chutes na costela, assistindo Vinicius se contorcer no chão, abraçando o tórax em posição fetal, e subiu as escadas correndo e gritando por ela. Serginho ficou no imponente hall principal, as costas tocando as portas da frente e a arma apontada na direção do homem agora caído no pé da escada.

Seguindo os gritos dela, encontrou a porta trancada que os separava.

"Afaste-se da porta, Penny!" — Ele arrebentou a fechadura com dois disparos secos e ela se arremessou pela abertura, agarrando-o em um abraço apertado rápido.

"Onde estão os outros?"

"A primeira porta à direita da escada."

Ele entregou uma das pistolas na mão dela.

"O Serginho está sozinho lá embaixo."

Ela tomou a pistola e correu escadaria abaixo. Viu dois guardas se aproximando pelo corredor e atirou sem hesitar. Vinícius jazia desacordado no chão. Ela passou por cima do corpo dele e correu na direção de Serginho para ajudar com a visão da sala.

A cada sinal de movimento que avistavam, apertavam o gatilho. Nem todos os tiros eram fatais, mas era o bastante para mantê-los afastados. O pente dela ficou vazio bem no momento em que Johnny, Rogério e Marcela surgiram no alto da escada, todos com uma pistola em mãos fornecidas por Johnny.

Penny abriu a porta principal, revelando sete guardas armados à espera deles do lado de fora, atraídos pela confusão que ecoava longe. Os quatro que estavam armados saíram atirando, balas voando por todos os lados.

Saíram pela porta ainda atirando, demorando o tempo de derrubar todos os guardas externos para perceber que Penny não estava entre eles.

Durante a confusão de tiros, Vinícius se erguera, a têmpora aberta e o supercilio sangrando. Tinha uma pistola contra a têmpora de Penny e usava o corpo dela como escudo para um Johnny que ainda mirava na direção dele, os olhos fervendo na cor do sangue que lhe queimava o dedo preso ao gatilho.

"SOLTA ELA! AGORA!"

"Senão você vai fazer o quê exatamente? Vai matá-la por mim?"

Nenhum deles percebeu o delicado movimento da garota. Penyy enfiou a mão no bolso direito, agarrando o cabo da faca e puxando lentamente, sentindo a fita adesiva se partir. Em uma única ação fluída, levantou o punho e cravou a lâmina na coxa de Vinicius, que se dobrou de dor.

Escutou o barulho da arma dele cair na pedra junto ao corpo sem equilíbrio e disparou escada abaixo. Os cinco correram na direção da floresta, escondendo-se na escuridão densa da mata.

Serginho foi quem os parou.

"Esperam. Preciso buscar uma pessoa."

"Precisamos ir. Eles virão atrás de nós." – Rogério respondeu virando o corpo para encará-lo sem parar seu passo acelerado.

"Eu fiz uma promessa, não vou quebrar. Podem ir sem mim."

Ele disparou no caminho contrário e Johnny soube imediatamente aonde iria.

"Merda!" – Foi tudo que conseguiu dizer antes de sair correndo atrás do amigo.

Mantendo a união que os fez permanecerem vivos durante todo esse tempo, Penny, Rogério e Marcela dispararam atrás deles a caminho da saída do túnel onde Serginho agora tomava no colo o corpo exausto e desmaiado de Alice.

"Ela ainda está respirando?" – Questionou Johnny, preocupado com uma eventual transformação.

"Está, sim." – Garantiu Serginho.

"Não vamos conseguir desaparecer na mata carregando uma garota inconsciente. "

Marcela se adiantou:

"Podemos pegar o barco. Com a confusão que a gente armou, devem estar quase todos dentro do castelo."

"Vale a pena tentar." – Serginho reforçou, a importância de sua promessa batendo no batendo no peito.

Começaram a correr na direção da praia. Encontraram o veleiro deles aportado no mesmo lugar em que o deixaram, mas havia movimento dentro deles. Dois guardas armados.

Rogério tomou o rifle das costas de Serginho e o montou rapidamente da melhor maneira possível sob a luz da lua. Com três disparos, conseguiu derrubar os dois guardas. Sem desmontar o rifle, começou a correr na direção da praia, o grupo em seu encalço.

Chegaram ao barco molhados e exaustos. Marcela foi correndo colocar a embarcação em movimento enquanto Rogério e Johnny jogavam os corpos dos guardas no mar sem saber se ainda estavam vivos e Penny ajudava Serginho a ajeitar a menina desmaiada.

Ninguém disse mais nada por muito tempo. Tiraram as roupas molhadas e verificaram quanta munição havia restado. Haviam dado o primeiro golpe e logo estariam em guerra, mas havia uma leve esperança de que os Outros precisariam de algum tempo para se organizar depois de um dia como aquele. Só respiraram livres novamente quando já estavam sob a luz do amanhecer e quase chegando em casa, a praia familiar despontando no horizonte.

ATAQUE DE FÚRIA

Vinícius bateu à porta do General. Ele havia sido movido da enfermaria para seus próprios aposentos de luxo na manhã seguinte à invasão e ainda não havia sido informado das consequências. Vinicius tremia só de pensar em como revelar esta informação ao seu superior.

Suas feições ainda estavam inchadas depois que aquele maldito cowboy o arrebentara com a bota preta, cravando o salto repetidamente em seus ossos. O olho direito estava quase completamente fechado, manchas roxas crescendo em torno dos fios que costuravam seu supercilio.

Mas a dor na perna era o que o enlouquecia. A cada passo, os músculos rasgados pela menina da cicatriz na testa se repuxavam, fazendo com que suas feições se tornassem uma careta agoniada.

"Entre!"

O General estava em pé em frente à janela, observando o movimento das ondas quebrando nas pedras sob a estrutura do forte.

"Bom dia, Senhor."

"Você veio me explicar o que diabos aconteceu aqui na noite passada?"

Vinícius permaneceu em silêncio, pego de surpresa pelo conhecimento de seu chefe a respeito da invasão. O General se virou sem olhar para ele, se direcionando à lareira cheia de ornamentos e puxando um charuto da caixa de prata que repousava sobre a estrutura.

"Você achou que eu não perceberia? Que eu não escutaria os gritos, os tiros? Acredita que eu sou um idiota? É isso que você pensa do seu comandante, Vinicius?"

"De forma alguma, Senhor."

"Como é que você deixou que isso acontecesse?"

"Nós não esperávamos um ataque, Senhor. Estávamos preparando um banquete para o grupo que chegara naquela tarde."

"O grupo de rebeldes que nos invadiu, correto?"

"Sim, Senhor. Nós não sabíamos que eles estavam cientes do nosso modus operandis, Senhor."

"O SEU modus operandis você quer dizer. Não coloque seus fracassos nas costas dos outros, Vinicius, esta é uma postura de desonra."

Vinícius calou-se novamente, observando o General arrancar a ponta do charuto com os dentes e acender a outra ponta, soprando a fumaça densa para o alto em golfadas experientes e sentindo o peso de sua falha sobre os ombros doloridos.

"Sabe, Vinicius, talvez eu o tenha superestimado. Talvez você seja apenas mais um idiota sem a menor capacidade de comandar esse lugar. Talvez esteja na hora de você provar seu valor. Você concorda comigo?"

"Não... Não sei... Sim, Senhor. Sim, o Senhor está correto."

"Qual foram nossas baixas?"

"Perdemos mais da metade dos nossos homens nas últimas 48 horas, Senhor. Entre a missão no continente e o ataque sofrido, 62 vidas foram perdidas."

"Ah, sim, temos ainda a missão fracassada no continente. Mais uma entrada grandiosa para sua lista de fracassos. O que aconteceu ali, você pode me explicar?"

"Nossos líderes afirmam que os mortos estão mudando, se organizando. Estão evoluindo. Foram pegos de surpresa e perderam muitos homens no processo."

"E quantos errantes conseguimos trazer de volta para compensar nossas perdas?"

"Cerca de duas dúzias, Senhor."

"Quer dizer então que agora temos a mesma quantidade de vivos e mortos sob nosso teto, Vinicius?"

"Acredito que isso esteja correto, Senhor."

O General finalmente se virou na direção dele, os olhos injetados de sangue sequer reagindo à sua aparência abatida. Ele se sentou com dificuldade em uma enorme poltrona de couro negro ao lado da lareira apoiando o charuto em um cinzeiro de cristal e enchendo um copo de líquido âmbar perfumado.

"O que diabos aconteceu aqui a noite passada, Vinicius?"

"Acredito que sejam os donos das pegadas no vale, aqueles que assassinaram Ferreira e Duarte."

"Você acredita? Não tem certeza? Você sequer pensa nas suas palavras antes de falar?"

"Sinto muito, Senhor."

"Eu não me importo com o que você sente. Eu quero saber o que aconteceu."

"Alguns deles chegaram de barco se passando por sobreviventes. Estavam desarmados. Os outros surgiram pelo porão. Investigamos após o ataque e descobrimos um poço que levava a um túnel de esgoto. Acreditamos que tenham entrado por lá. Estes estavam armados e foram responsáveis pelas mortes ocorridas dentro do salão principal."

"E por que é que nós apenas descobrimos esse túnel depois que ele foi usado contra nós, Vinícius?"

"Ele estava encoberto de vegetação, não era usado há décadas, talvez séculos... Senhor."

"Mas eles foram capazes de encontrar. Dois rebeldezinhos de merda conseguiram o que uma centena de homens treinados não foram capazes. É isso que você está me dizendo? Essa é a sua desculpa?"

Vinícius não respondeu. A voz do General começara a se erguer lentamente, e aquilo o fazia sentir como se fosse borrar as próprias calças.

"Você entende agora que não estamos lidando com um bando de moleques despreparados? Essas pessoas são treinadas, são preparadas. Essas pessoas estão mais preparadas do que nós! Meia dúzia deles conseguiu derrubar metade de nós em uma única tarde."

"Eu não sei se diria isso, eu..."

"A sua opinião vale o mesmo pra mim do que uma camisinha usada nesse momento. Você entende isso? Você os tratou como um bando de crianças despreparadas e os provocou, vocês os trouxe até aqui. Consegue entender isso?"

"Senhor, eu..."

"Cale essa boca! Eles vieram, nos dominaram e provaram seu valor. Trate-os com o respeito que merecem. Está claro? Eles são uma ameaça real e devem ser tratados com tal."

"Sim, Senhor."

"Tem mais alguma coisa que você gostaria de me informar? Mais algum fracasso da qual preciso saber?"

"Sim, Senhor."

"Vá em frente, seu incompetente. Aproveite que eu estou de bom humor."

"Senhor, eles levaram a garota com eles. A garota que o mutilou." – a voz dele era quase inaudível.

"O QUÊ?"

"Eles levaram a garota. Alice."

"ELA É MINHA! VOCÊ ENTENDEU? MINHA! QUERO ELA DE VOLTA IMEDIATAMENTE! FAÇA ALGUMA COISA A RESPEITO! AGORA!" – tomado por uma fúria assassina, o General arremessou o copo contra a parede, estilhaçando o cristal em milhares de fragmentos reluzentes, o líquido âmbar de espalhando nas paredes de pedra.

"SAI DA MINHA FRENTE! AGORA! E NÃO SE ATREVA A VOLTAR SEM TRAZER AQUELA VAGABUNDA PRA MIM!"

"Sim, Senhor."

"E NÃO ADIANTA LEVAR A SUA EQUIPE! LEVE OS MORTOS QUE JÁ NOS DIZIMARAM. PELO JEITO É A ÚNICA FORMA DE ENCARAR ESSA AMEAÇA!"

Vinícius deixou os aposentos, fechando a porta atrás de si enquanto ainda escutava o ataque de fúria do General sendo manifestado em barulhos de vidro se quebrando continuamente.

Mancando com dor, seu corpo urrando em choques e pontadas agudas em todo seu sistema nervoso, Vinícius foi até três dos homens mais fortes que restavam no exército dizimado.

"Reúnam os mortos, os novos, os mais ferozes. Levem-nos até o outro lado do vale e os solte na floresta. Vamos destruir cada um deles e deixá-los sem nada antes de atacar."

"Sim, Senhor."

Deixou que os homens partissem em sua nova missão e foi se esconder em seus próprios aposentos, apavorado e ansioso sem saber o que o futuro reservaria a um homem como ele se perdesse seu valor dentro do universo do General.

AS PRIMEIRAS BAIXAS

Chegaram no acampamento pelo mar e foram imediatamente recebidos por todos os outros recrutas que treinavam naquela manhã. Alice foi levada para um dos quartos livres e Serginho seguiu em seu encalço, recusando-se a deixa-la sozinha até que acordasse. Queria que ela se sentisse segura com um rosto familiar.

Max latia incontrolavelmente, correndo em círculos ao redor de Johnny, como se quisesse a garantia de que o dono estava bem. A realidade é que estava exausto e todo seu corpo doía. Estavam todos exaustos. Mas isso não importava mais. Precisavam se preparar para a inevitável retaliação.

Decidiram dormir algumas horas antes de reunir todo o acampamento com a notícia dos recentes desenvolvimentos, esperar a garota acordar para lhe dar as informações que pudesse sobre seus inimigos e então decidir o que fazer.

Johnny se aninhou ao lado de Penny e adormeceram rapidamente, cansados demais para qualquer interação.

Alice acordou em algumas horas, assustada e arisca. Levou alguns minutos para reconhecer Serginho, que aguardava ao seu lado para lhe garantir que estava segura.

"Ei, calma, tá tudo bem."

"Você... Você voltou por mim."

"Eu sempre mantenho as minhas promessas." – Ele sorriu para ela radiante enquanto lhe estendia uma garrafa d'água e algumas frutas frescas cortadas – "Aqui, come alguma coisa. Você está muito fraca."

Ela começou a devorar a manga, o suco escorrendo pelo queixo. Ele riu e ela, tímida, limpou o queixo com a manga da camisa dele que ainda cobria seu corpo.

"Olha, eu deixei uma roupa você em cima da pia do banheiro. Toma um banho, se troca e depois vem conhecer o pessoal. Acho que eles vão querer conversar com você sobre aqueles caras. Eu prometo que nós não somos como eles por aqui."

Ele se levantou para partir.

"Ei... Qual é o seu nome?"

"Sérgio. Mas pode me chamar de Serginho. Todo mundo chama. E você?"

"Alice."

"Bonito."

Ela sorriu pra ele.

"Obrigada, Serginho. Por tudo."

E com um último sorriso radiante, ele a deixou sozinha para se recompor.

*** *** ***

Enquanto os outros descansavam após os eventos da noite anterior, Vitor mantinha os melhores atiradores à beira da mata. Fora avisado de que corriam um sério risco de retaliação em breve e aquilo o deixava apreensivo. Ele não tinha certeza se estava pronto para uma batalha de verdade. Não tinha certeza se nenhum deles estava realmente ou até mesmo o que isso significava.

Diego estava ansioso. Queria entender o que encontraram, queria poder analisar a situação. Queria se sentir útil e as faces preocupadas de seus companheiros não ajudava a controlar seu nervosismo. Seu papel naquele momento era simplesmente garantir que todos acordassem para almoçar e, depois, se reunir com o acampamento completo.

Caminhando pela praia, encontrou Serginho sentado na areia, observando ao longe o treinamento dos recrutas, o sorriso bobo nos lábios contrastando com as olheiras e os muitos arranhões nos braços. Ele se sentou ao lado do amigo. Não conversavam direito desde o dia em que foram encurralados por Penny na farmácia.

"Tudo bem com você?"

"Acho que sim."

"Você foi o único que voltou sorrindo de lá. O que aconteceu?"

"Eu salvei uma vida. Você tem noção disso? EU!"

Diego sorriu pra ele, orgulhoso da postura do amigo, que se admirava com a própria força, algo que ele já conhecia, mas que a humildade do amigo parecia torna-lo completamente ignorante à própria capacidade.

"Temos uma coisa boa por aqui, não temos?" – Serginho perguntou para ele.

"É... Acho que sim."

"Então vale à pena brigar, certo? Vale à pena ficar e se arriscar todos os dias pra ter uma vida boa, não vale?"

"Vale, sim."

"Esses caras são assustadores, Diego. Você não imagina do que são capazes."

"Temos alguma chance?"

"Acho que sim. Quer dizer, saímos todos vivos de lá, certo? E ainda trouxemos mais um."

Ambos se calaram, observando com carinho o resultado de todo o esforço que fizeram no tempo passado na ilha. A noção de que tudo aquilo poderia se perder era quase insuportável. Felizmente, teriam alguns dias para se reagrupar. Ou pelo menos era o que pensavam quando o primeiro grito ecoou da floresta, fazendo os pássaros voarem e Serginho e Diego se levantarem correndo na direção daquele som assustador.

Enquanto Diego corria na direção da pousada para chamar aqueles que descansavam, Serginho disparou na direção da mata, O som de tiros ecoando, balas voando para todos os lados, atiradores despreparados tentando controlar um ataque.

Ele esperava encontrar homens fortes carregando espingardas e rifles, mas a visão com a qual se deparou foi de um enxame de uma dúzia de mortos invadindo se movendo na direção deles.

Tropeçou em algo mole no caminho. Era um dos recrutas que ele sequer tivera tempo de aprender o nome, mordido e se debatendo no chão. O que um dia foram cabelos loiros agora estavam sujos de sangue que espirrava de sua garganta dilacerada em golfadas ritmadas pelos rápidos batimentos cardíacos. Ele olhava nos seus olhos implorando ajuda silenciosa, mas era tarde demais. Serginho se abaixou, pegou a pistola que o homem derrubara e apontou na direção de sua testa.

"Sinto muito." – E apertou o gatilho sem pestanejar, reiniciando sua corrida na direção do estardalhaço que se pronunciava à frente.

Os mortos que agora se aproximavam não se assemelhavam ao que ele se lembrava. Eram mais ferozes, mais rápidos, corriam para eles arreganhando os dentes.

Havia um aspecto único que ele ainda não havia encontrado nas dezenas, talvez centenas, de confrontos que vivera até aquele ponto. Estes mortos rosnavam em sua direção, arreganhando os lábios mais largos, mais rasgados. Os dentes proeminentes pareciam mais afiados, assumindo o aspecto de presas, como os animais selvagens que eles caçavam diariamente para se alimentar. Faziam Serginho pensar em lobos selvagens ao invés de humanos putrefatos e aquilo o arrepiava de terror.

Escutou passos às suas costas e viu Johnny e Penny passarem correndo na sua direção.

"O que está acontecendo?" – Perguntou, ainda sem entender.

"Zumbis! Por todos os lados, zumbis!"

Johnny tinha uma pistola em mãos e um soco inglês negro se pronunciando no punho direito. Penny carregava sua faca de ossos. Não viu sinal de Rogério e presumiu imediatamente que ele estava à distância, preparando o rifle para fazer aquilo que fazia melhor.

"Johnny, esses zumbis são diferentes! Eles estão correndo!" – Serginho avisou assim que possível, ainda atordoado com a mudança evidente das criaturas.

"Nós já os vimos antes. Os outros estão usando eles como trabalhadores."

"E como soldados, agora. Nós devemos ter matado uma boa parte do grupo e eles estão soltando os zumbis atrás de nós."

Vitor atirava a qualquer sinal de movimento, os olhos arregalados em surpresa ao observar os cadáveres se organizando, atacando em grupos para garantir sucesso.

Ao redor deles, os corpos dos recrutas mais antigos se acumulavam no chão da mata. Homens e mulheres treinados por eles, todos armados. Deveria ser mais fácil, mas aquelas criaturas pareciam farejar mais do que carne, pareciam capazes de se proteger ao sentir o cheiro da pólvora queimando.

"O que diabos está acontecendo aqui?"

Batalhavam como podiam, observando os companheiros caírem ao redor deles como sacos de merda. Sem vida. Os mortos não estavam se alimentando como faziam antes. Mordiam suas vítimas e partiam para o próximo, espalhando a infecção e buscando destruição, não alimento.

Johnny usava os punhos para arrebentar tudo que vinha na sua direção, enfiando o punho reforçado pelo aço carbono negro nas carcaças daqueles monstros infernais. Cada vez que um zumbi se virava em sua direção rosnando sua fúria, ele não hesitava, guardando a munição da arma para emergências e apostando em sua habilidade corporal para de engalfinhar contra os mortos em batalhas pessoais que inevitavelmente terminavam com metade de seu braço forte enfiado na carne podre fraca dos inimigos, cobrindo-o com o sangue negro e grotesco daqueles mortos horrendos.

Lutando ao seu lado, Penny apostava em sua habilidade com a lâmina. Essa nova espécie mais rápida e ágil a colocava no chão, forçando embates

físicos mais violentos. Inúmeras vezes, se via encarando os dentes afiados das criaturas bem próximos ao rosto marcado, os corpos pronunciados sobre o seu, utilizando uma força física que ela desconhecia por parte deles até aquele ponto. A cada embate, acabava enfiando sua faca nos mortos vorazes, deixando o sangue deles fluir sobre ela. Esperava que isso lhe ajudasse, que lhe desse algum tipo de cobertura, de camuflagem, como muitas vezes funcionara no passado, mas eles continuavam avançando, sentindo sua presença muito além do olfato. Sabiam exatamente o que estavam fazendo, como se seus cérebros mortos ainda tivessem impulsos o suficiente para discernir suas vítimas do ambiente ao redor.

Em meio à batalha, distraído tentando ajudar Vitor a conter duas criaturas que já haviam derrubado dois dos recrutas que chegaram à ilha seguindo as placas do continente, Serginho se viu encurralado. Os mortos se organizaram, atacando-o pelos flancos, e agora o cercavam.

Ele tinha a arrepiante sensação de que olhavam em seus olhos por trás da película vítrea que lhes cobria a íris. Apertou o gatilho para descobrir o som seco de uma pistola vazia, esgotada durante sua luta ao lado de Vitor, que estava enfrentando três zumbis ao mesmo tempo e se tornara incapaz de ajudar o amigo. Se preparou para morrer. Quis fechar os olhos, mas recusou-se a se render ao medo. Se fosse morrer, o faria lutando com punhos e dentes e levaria alguns deles consigo.

Foi quando o cadáver à sua frente caiu, assim de repente, sem que ele se movesse. Por trás do corpo inerte que agora jazia no chão sem movimento, surgiu a imagem de uma garota morena de olhos ferozes que ele quase não reconheceu. Ela carregava nas mãos um dos arpões que resgataram do iate e perfurara o crânio da criatura com ele.

Antes que ele tivesse tempo de absorver o que acontecera e reconhecer Alice, ainda vestindo a camiseta dele, ela já havia perfurado a garganta da criatura à direita enquanto enfiava a bota no peito do zumbi à esquerda.

"Vem, Serginho, sai daí!"

Ele correu na direção dela, abaixando ao lado de outro de seus companheiros caídos para resgatar uma nova arma carregada e, ao lado dela, retornou ao campo de batalha.

Antes que tivessem tempo de eliminar todas as criaturas que corriam na direção deles pela mata, os aliados que haviam sido mordidos durante a batalha começaram a se levantar, retornando à luta. Mas haviam mudado de lado.

"Eles estão se transformando!" – Uma vez ecoou do meio da zona que se instalara.

"Não é possível! É rápido demais!" – Vitor olhava em volta completamente confuso.

"Esqueçam as regras, esqueçam tudo que sabem! Mirem nas cabeças e ataquem qualquer um que estiver no chão!" – Johnny gritou na direção deles.

Os tiros distantes de Rogério começaram a surgir, zunindo em seus ouvidos. Pela mira, tentava discernir os vivos dos mortos, mas as características físicas agora já não eram tão reconhecíveis como antes. Os movimentos, um dia tão peculiares e mecânicos, agora eram fluídos e velozes. O instinto que se guiava pelo olfato agora parecia ter despertado os outros sentidos. Se tornara muito mais complicado para ele, espiando de longe no meio da selva, ajudar seus companheiros que agora se engalfinhavam em batalhas corporais complicadas com o que pareciam ser animais selvagens.

Johnny, Penny, Vitor, Serginho, Alice e os outros três recrutas que restavam ainda em pé reuniram-se em uma roda, ao centro do que se tornara o campo de batalha, dando as costas um para o outro e aguardando os ataques das criaturas que eles não reconheciam mais utilizando quaisquer meios necessários agora que as munições de fogo se tornaram quase inexistentes depois de tantos tiros disparados. Facas, coronhadas, galhos e punhos, tudo que restara era o instinto de sobrevivência deles lutando contra o instinto de ataque das criaturas.

Quando finalmente conseguiram eliminar a ameaça, estavam cobertos de sangue, tanto negro e envelhecido quanto vermelho e fresco. Vitor correu de volta para o acampamento para mandar Rogério cessar fogo enquanto os outros separavam os mortos deles do restante, do exército que os atacara inicialmente.

"Quantas baixas tivemos?" – Johnny tentava não demonstrar nenhuma emoção, ainda absorvendo o que acontecera.

"Perdemos sete. Nossos melhores lutadores." – respondeu Serginho.

Penny se afastou do grupo, caminhando entre os cadáveres que os atacaram e observando-os de perto da mesma forma que fizera quando os vira acorrentados às árvores.

"Tem alguma coisa muito errada aqui. Eles estão mudando. Não só o comportamento, mas fisicamente."

"Mudando como?" – A afirmação dela atraiu a atenção de Johnny.

"Preste atenção. A pele já não está tão acinzentada, e as bocas estão mais largas, como se tivessem se rasgado. Consegue ver?"

"Sim, é como se estivessem menos... menos mortos, entende?"

"Os outros devem tê-los treinado." – Serginho ofereceu sua opinião, pensando nas observações que eles lhes informaram depois da missão de reconhecimento.

"Não sei se isso seria possível. Talvez sejam eles mesmo, entende? A infecção, pode ter mudado. Vírus fazem isso o tempo todo. É por isso que não há cura para a gripe ou a AIDS. Estão se adaptando, tipo uma evolução natural da espécie."

"Será que isso está acontecendo só aqui?" – Johnny perguntou, já sabendo a resposta.

"Não sei. Mas eu acho que não. Não acho que os outros os treinam, acho que trazem eles do continente para cá. Se isso chegou aqui, já deve ter se espalhado." – Penny estava claramente preocupada.

"Precisamos nos reunir. Todos nós. Está na hora de a gente se preparar e, desta vez, é pra valer."

Começaram o caminho de volta à praia em silêncio, as marcas da batalha estampadas em suas faces. Serginho e Alice caminhavam lado a lado, assim como Penny e Johnny. Atrás deles, os três recrutas sobreviventes fungavam a morte de seus amigos, cujos nomes eles sabiam muito bem.

<u>O DEMÔNIO ORIGINAL</u>

Ele não era mais o mesmo. A cada nova vida extraída para dentro da sua, ele renascia e se tornava mais completo. Sentiu seus ossos faciais se tornarem mais flácidos e, lentamente, perderem a estrutura de cálcio, sendo absorvido pelo seu sistema superior e substituído por cartilagem, mais flexível, que lhe permitia abrir sua boca selvagem de formas até então impossíveis.

Seus dentes assumiram um aspecto cada vez mais afiado, mais semelhantes às presas de grandes predadores lupinos ao invés da estrutura quase quadrada que se eu humano tivera no passado. Com isso, rasgar a pele de suas vítimas se tornara tão fácil quanto passar uma faca morna em uma barra da manteiga. E, como a manteiga, esses frágeis humanos se desfaziam na sua boca, um líquido quente e salgado que o tomava de prazer e satisfação.

Outra coisa que se tornara evidente para ele, era que suas vítimas já não conseguiam mais se debater com a mesma força com a qual ele se deparara no início. Acreditou durante algum tempo que estavam mais fracos e desnutridos, mas a noção de que essa característica não partia dele era ridícula e, percebendo que o gosto inicial de sangue era mais azedo do que o normal, descobriu que estava começando a desenvolver seu próprio mecanismo de defesa.

Suas presas passaram a paralisar suas vítimas, como uma serpente no momento do bote. Aquilo o deixara extasiado. Não bastava ser apenas mais forte, ele agora expelia seu próprio veneno.

Não havia mais humanidade naquele corpo, ele se tornara uma criatura acima daqueles desejos e medos que antes lhe faziam ser cauteloso. Caminhava agora sobre a terra dono daquele planeta dizimado. Não havia nada no mundo capaz de impedi-lo agora.

Ultimamente, sentia seu lábio formigando toda vez que se alimentava. A princípio, atribuiu a sensação ao veneno que deixava suas presas quando se preparava para atacar, mas logo percebeu que era mais uma mudança se iniciando.

Primeiro, o lábio inferior se partiu ao meio. Depois foi o queixo cartilaginoso. A fissura se abriu até a altura da laringe e então parou. O que o assustou no início, logo o acalmou ao perceber que era capaz de controlar aquela abertura com o poder de sua mente.

Seu corpo de adaptara novamente. Aquela abertura expunha suas presas famintas em novos ângulos, permitindo que ele não focasse apenas nos pescoços da caça, mas em qualquer lugar do corpo que pudesse alcançar, expandindo-se em uma abertura completa, 360° de um predador incontrolável. Se os Deuses existiam mesmo, agora tinham uma criatura a temer. E se alguém lhe perguntasse algum dia: Deus Existe? A resposta se tornara clara: Agora sim.

<u>TREINAMENTO DE ELITE</u>

Johnny e Penny convocaram o grupo para uma conversa antes de falarem com o resto do acampamento. Cobertos de sangue, lideravam a discussão. Rogério e Marcela sentavam-se no canto enquanto Alice limpava os arranhões de Serginho. Vitor e Diego aguardavam em silêncio.

Johnny começou a discussão.

"Não podemos ficar aqui esperando o próximo ataque. Eles estão melhores armados e tem um exército dessas porras à disposição."

Ninguém se manifestou, de modo que ele continuou, se dirigindo à Alice.

"Você passou mais tempo lá dentro do que qualquer um de nós. Você os conhece como ninguém."

"Isso não é necessariamente verdade. Passei uma tarde entre uma sala luxuosa e um quarto iluminado, mas todo o resto do tempo eu estava acorrentada no porão, do jeito que vocês me encontraram."

"O que você viu?"

"Ver mesmo, eu não vi muita coisa. Nada que vocês não tenham visto. Mas eu vi do que eles são capazes e, acreditem, não existe um único ser humano ali dentro."

"O que eles fizeram com você?" – Serginho perguntou com a voz preocupada.

"Comigo não foi nada. Me deixaram exposta e o tal do General, como eles o chamam, tentou me estuprar, mas eu não deixei."

"Como assim, não deixou?" – Penny perguntou enquanto revivia seus dias sob o domínio de Gomes.

"Eu arranquei fora com os dentes o único instrumento que ele podia usar contra mim." – ela sorriu doce na direção de Penny, um sorriso orgulhosos de si. Penny sorriu para ela. Já gostava da garota.

"O que mais eles fizeram?" – Johnny insistiu.

"Eles fazem apostas nas vidas dos sobreviventes, colocando eles em jaulas e chutando quanto tempo levaria para cada um deles ser devorado pelos zumbis que eles mantém em cativeiro. Uma amiga minha foi estuprada por vários caras ao mesmo tempo enquanto os outros assistiam e aplaudiam, depois a mataram ali, um tiro na testa, sob aplausos e gritos. É horrendo."

"Então eis o que temos que lidar agora: um bando de soldados sádicos, um General eunuco e um exército de zumbis evoluídos que se organizam, correm e não se distraem com carne humana. É só isso?" – Rogério perguntou, o sarcasmo cínico em sua voz. Marcela cutucou-o, franzindo a testa em reprovação à sua atitude.

"É, basicamente, é isso aí. Agora temos uma escolha a fazer entre nós antes de levar a discussão para o resto do grupo." – Johnny retomou o tom sério da discussão enquanto afundava seus dedos no pelo macio de Max, que repousava no colo de Penny ao seu lado - "Vamos ficar e lutar ou vamos embora antes deles chegarem? Vocês estão dispostos a fazer o que for preciso?"

"Claro que estamos! Não é por isso que estamos aqui treinando feito uns doidos?" – Rogério pareceu profundamente ofendido com a pergunta.

"Não. Nós estamos treinando como um bando de crianças perto do que precisamos fazer para sobreviver a isso. Entendam. Trata-se de sobrevivência. Ou cada um de nós se dedica até quase morrer de exaustão ou eu não vou me dar ao trabalho de arriscar a minha vida e a do Max por vocês."

Marcela olhou para Penny em busca de uma palavra de consolo.

"Eu estou com ele, não tenho mais nada para acrescentar. Não adianta buscarem um contra-argumento em mim. Eu vi a cova, todos os corpos brutalmente assassinados. Vi os zumbis que eles usam como trabalhadores e como arma de defesa. Vi do que eles são capazes e não vou colocar o meu pescoço na linha sem ter certeza de que posso confiar em cada um de vocês com os olhos fechados. Ou entramos todos nessa ou vamos embora."

Serginho foi o primeiro a se manifestar, exibindo seu sorriso doce e caloroso na direção do melhor amigo enquanto Alice terminava de limpar seus ferimentos.

"Eu estou com você. Sempre. Pode me treinar até eu morrer de exaustão. Temos algo muito bom aqui."

Johnny sorriu para ele agradecido.

Alice sorriu para Serginho, impressionada com a disposição do homem que salvara sua vida, e deu de ombros:

"Eu tô dentro. Depois de tudo que eu vi, vai ser o maior prazer destruir cada um daqueles filhos da puta. Podem contar comigo."

"E vocês?" – Penny questionou o casal à sua direita.

"Eu tô dentro. Estamos juntos desde o começo, não vou desistir agora." – Rogério manteve sua expressão séria enquanto encarava os olhos vazios de Penny que claramente ainda se recordavam da cova rasa no vale. Aquele fora o fator decisório de Rogério, a expressão dela. Nunca imaginara que algum dia veria tanto pavor estampado naqueles olhos escuros. Não depois de escaparem da Mansão.

"Marcela?" – Penny encarava a amiga com a seriedade – "Não podemos ficar esperando uma decisão. É agora ou nunca."

"É claro que eu estou dentro."

"Você não vai mais poder ficar na margem, vai ter que lutar também. Estamos com pouca gente e cada um terá que fazer muito mais do que apenas a sua parte. Está pronta para encarar a trincheira?"

"Não, na verdade não. Mas é isso que eu estou concordando em fazer, certo? Me deixem pronta." – ela sorriu para o grupo do jeito feminino que apenas ela conseguira manter depois de meses de estrada e morte.

Johnny sorriu triste para ela, sabendo muito bem que seria forçado a destruir aquele lado doce dela e torcendo que Rogério o perdoasse por isso quando terminasse.

Vitor e Diego se reuniram no canto da sala. Queriam tomar essa decisão juntos.

"E vocês, meninos?"

"Vamos em frente. Chegamos até aqui juntos. Morremos juntos ou seguimos como um grupo, certo?

Johnny encerrou a discussão de forma breve e direta, já iniciando a brutalidade de um treinamento de guerra como nunca pensara que viveria antes:

"Muito bem, eis o que vamos fazer: vamos até o limite. E quando chegarmos lá, vocês descobrirão que aquele não é mais o limite, e continuaremos nos forçando até nos tornarmos tão mortais quanto eles. Vamos correr até nossas pernas sangrarem, nadar até nossos pulmões falharem e, quando sentirmos desejo de morrer de exaustão, vamos começar tudo de novo."

Convocaram o resto do grupo, os recrutas mais novos que haviam chegado à ilha em busca de proteção. Lágrimas manchavam os olhos de muitos deles em decorrência das baixas sofridas. O grupo agora havia sido reduzido de 21 para 14, além da recém-chegada Alice. A mãe das crianças se mantinha agarrada a elas, pavor e desespero estampado nos olhos enquanto Johnny assumia o papel de relatar os últimos acontecimentos com todos os detalhes mórbidos necessários. Chegara a hora de esclarecer que não estavam seguros, que as promessas de um santuário seguro nada mais eram do que uma ilusão usada para atrair inocentes como eles. Passara o momento de proteger os outros. Ele queria despertar o medo e o ódio, principais combustíveis da guerra que precisariam travar agora.

Queria que cada homem e mulher que agora o encaravam em silêncio entendessem que foram atraídos para lá por um grupo de pessoas que desejada estuprá-los, torturá-los e matá-los puramente por entretenimento barato e o fato de estarem vivos se dava apenas pela sorte de ancorar do outro lado da ilha.

"Está na hora de nos prepararmos para lutar. Eu não estou falando de treinar tiro ao alvo e correr na praia uma hora por dia. Eu estou falando de montarmos um exército, transformarmos nossos corpos em armas letais. Se vocês decidirem ficar, terão que se entregar a isso de corpo e alma, estarem dispostos a se destruir e se reconstruir milhares de vezes até serem capazes de matar olhando nos olhos. E nós não temos tempo de deixar vocês pensarem no assunto, precisamos de uma resposta agora. Quem não estiver disposto a sacrificar tudo pode fazer as malas e partir."

"Eu... Eu não vou arriscar a vida dos meus filhos. São apenas crianças."

"Absolutamente compreensível. Se mais alguém quiser partir, podem se unir e nós faremos uma reserva de mantimentos para que possam passar alguns dias no mar enquanto procuram um lugar seguro para aportar. Mais alguém?"

Houve trocas de olhares e sussurros. Os grupos que chegaram juntos agora discutiam entre si. Entre os outros seis sobreviventes que restavam de todos aqueles que haviam aportado nas semanas anteriores, apenas um homem mais velho decidiu partir com a mãe e as crianças. Sabia que não tinha condições físicas para seguir com o plano de Johnny e sua melhor chance de sobrevivência seria arriscar a estrada novamente.

Penny encaminhou os dois e as crianças até o escritório, separando duas pistolas, algumas caixas de munição, água fresca e comida enlatada, alguns antibióticos e trocas de roupas.

"Algum de vocês tem um barco no cais para que possam sair daqui?"

"Sim, eu cheguei sozinho em um pequeno veleiro, podemos usar para voltar."

"Fiquem juntos e tomem cuidado. Pelo que pudemos perceber, os mortos estão evoluindo e não tem como saber o que encontrarão quando chegarem lá."

"Obrigada por tudo. De verdade."

"Apenas tomem cuidado e lembrem que pessoas como essas são mais comuns do que parecem."

Despedidas foram rápidas. A impaciência de Johnny tornava o ambiente mais tenso. Precisavam começar logo. Precisavam se preparar. Não havia como saber quando seria o próximo ataque e, olhando em volta, assistindo Penny brincando com Max, Rogério acariciar a mão de Marcela e Serginho arrumando suas coisas, percebeu que pela primeira vez em anos ele tinha muito a perder.

Foi distraído pela voz de Penny, que chegara ao seu lado com Max nos braços, repousando o pequeno maltês no colo dele.

"Não esqueça do Max. Ele também tem que estar preparado caso a gente não sobreviva."

"Ele é o mais durão entre todos nós." – Johnny afundou os dedos no pelo dele, sentindo-o se contorcer e levantar a barriga em um gesto de carinho. – "Não falei?"

<u>ALÉM DO LIMITE</u>

Treinavam juntos, todos os 13 sobreviventes restantes. Não era um grande exército, mas Johnny estava decidido a torná-los uma força da natureza, um furacão a ser contido. Conseguiram dominar o castelo com apenas meia dúzia deles, então sabia que o potencial estava ali. As munições estavam começando a se tornar escassas novamente e precisavam estar preparados para embates corporais letais, máquinas de matar em carne e sangue. O que pulsava nas veias dele agora era puro ódio e ele não descansaria enquanto não destruísse todos aqueles que colocavam em risco as vidas daquelas pessoas que ele passara a amar.

Antes de tudo, precisava que o grupo criasse resistência, tanto na respiração quanto nos músculos. Precisava que estivessem prontos para encarar os limites da exaustão. Mais do que isso, precisava que estivessem prontos para eliminar a noção de que este limite existia.

Começaram com exercícios de corrida e natação. Todas as manhãs corriam com Johnny em seu encalço gritando. Corriam na areia macia, dificultando os movimentos e os forçando a impulsionar os músculos doloridos, sentindo queimar cada junta, cada tendão, cada ligamento. Muitas vezes algum deles caía, os músculos cedendo sob a pressão do exercício, mas aquilo era apenas mais combustível para Johnny. Ninguém teria um tratamento diferente. Assim que um deles era derrubado, ele parava de acompanhar o grupo, se aproximando e berrando, colando seu rosto no deles, sentindo sua própria saliva raivosa respingar nos rostos cansados.

"LEVANTA DAÍ, CARALHO! VOCÊ QUER DESISTIR? É ISSO? QUER SER DEVORADO OU MORTO? ENTÃO LEVANTA DAÍ E CONTINUA, PORRA!"

Não importava quem estava no chão ou os traços de exaustão que apresentava. Quando o treinamento começava, eles perdiam suas faces para Johnny e se tornavam apenas soldados, seus soldados. Uma milícia em território inimigo sob a ameaça de ataque iminente. Por mais desumano que pudesse parecer, era justamente para preservar cada uma dessas vidas que ele precisava se distanciar emocionalmente.

Além da corrida, nadavam no mar aberto, contra as ondas, brigando contra a exaustão, o afogamento e a correnteza. Marcela os levava de barco alguns quilômetros para dentro da imensidão do oceano e todos faziam o caminho de volta com a força dos braços e pernas. Depois retornavam até o barco, no sentido contrário à força natural da corrente. E repetiam a rota até que Johnny se desse por satisfeito para só então trazerem o barco de volta à praia.

Ele, porém, estava sempre um passo à frente. Quando o dia finalmente se encerrava e o grupo, destruído, se recolhia para fazer uma refeição proteica de carne de caça e vegetais frescos que começaram a nascer da horta de Marcela, ele começava de novo, sozinho, acompanhado apenas por Max. Corria até ver pontos pretos anuviarem sua visão e, quando pensava que perderia a consciência, começava de novo.

Sabia que Penny estava preocupada. Podia ver isso estampado nos olhos dela quando ele finalmente chegava ao quarto, os músculos tremendos de uso excessivo, mas ela nunca reclamava, nunca se pronunciava. Entendia perfeitamente o que o motivava e estava ao seu lado até o fim. Mas ela sempre o esperava acordada. Assim que ele retornava, tirava a roupa empapada de suor e deixava que ela massageasse os músculos doloridos antes de tomar um banho e se juntar a ela novamente, adormecendo entrelaçando suas pernas nas dela enquanto acariciava seus cabelos gentilmente. Era o único momento do dia em que se permitia remover os muros que construíra durante os treinamentos.

Sempre que percebia que o grupo estava se ajustando à quantidade de exercício e aos desafios impostos por ele, aumentava a carga e a dificuldade. Em alguns dias, já começara a perceber as mudanças notáveis em cada um deles. Roupas folgadas, faces mais estreitas e olhares mais determinados. Aquilo era mais combustível para alimentar sua obsessão.

Era hora de prepará-los para viver na mata, improvisar se necessário. Ensinou-os a construir armas com os recursos que encontravam ao redor. Gravetos, cipós e pedras. Arcos maleáveis, pontas de lança, cordas. Nada era perfeito, mas, nas mãos deles, tudo seria uma arma. Nas mãos deles, qualquer coisa se tornaria letal.

A caça já não era mais feita com armas de fogo, reservando as munições para a batalha e preparando-os para o embate corporal. Passaram a buscar alimento lutando com porcos selvagens e lobos que encontravam na mata munidos apenas das armas que eles próprios haviam construído durante as sessões de treinamento na mata. As primeiras tentativas geraram ferimentos pesados e sangrentos, mordidas e arranhões profundos na carne deles, mas, logo, a maioria se tornara capaz de engajar em embates com estes animais de forma tão selvagem quando os próprios. Toda a motivação que precisavam estava ali ao lado deles, na forma dos corpos desnutridos que haviam atacado o acampamento deles com suas bocas grotescas e sujas de carne e sangue a se desfazer sob o efeito do tempo.

Johnny trouxera alguns daqueles corpos para o antigo campo de tiro ao alvo, amarrando-os nas árvores com cipós e forçando cada um deles a treinar lutas com facas usando a carne humana como alvo. Não bastava estarem forte, precisavam perder o medo de matar.

"OLHE NOS OLHOS DELE! VEJA O BRILHO SE PERDER DOS OLHOS E SAIBA DENTRO DO SEU ESTÔMAGO QUE FOI VOCÊ QUEM O APAGOU. SAIBA DISSO COM CADA FIBRA DO SEU CORPO OU NÃO ESTARÁ PRONTO PARA O QUE VAMOS ENCARAR."

Muitos vomitaram nas primeiras vezes que sentiram o que se passava por sangue naquelas veias podres respingar em suas faces.

"ELE JÁ ESTÁ MORTO, VOCÊ NÃO ESTÁ FAZENDO NADA COM ELE! O QUE VAI ACONTECER QUANDO FOR UMA PESSOA? O QUE VAI ACONTECER QUANDO ELE ESTIVER ATACANDO DE VOLTA? PARA DE FRESCURA E RASGA ESSA CARNE!"

Sabia que estava sendo cruel, mas faria o que fosse preciso para preparar cada um deles. E, depois, faria o impossível. Não se renderia e não permitiria que nenhum deles o fizesse.

Penny passou a acompanhá-lo nos treinamentos noturnos. Seguia com ele e Max até onde seu corpo aguentava e depois se retirava, esperando que retornasse para dormir. Depois, Serginho começou a aparecer também. E Alice, ao lado dele. Os cinco corriam lado a lado sem trocar uma palavra. O único som que se pronunciava eram suas respirações ofegantes e eventuais gemidos de exaustão. Cada um forçava o que podia e depois se retirava em silêncio. Johnny sempre terminava a noite sozinho com Max, obrigando a si mesmo a ir além.

Uma noite, chegou no quarto enquanto Penny tomava banho. Max subiu na cama e se ajeitou. Johnny tirou a roupa molhada de suor e se juntou a ela debaixo da água corrente, abraçando seu corpo e sentindo a diferença que o treinamento tivera nela. Os ossos antes saltados dos dias de desnutrição e maus tratos agora estavam cobertos de músculos novos, deixando-o mais seguro e aliviado. Ele aproximou seu rosto da orelha dela e confessou seu sentimento mais obscuro.

"E se nada disso for suficiente, Penny?"

"Então nós começaremos de novo."

"Você está comigo?"

Ele se virou, encarando-o. Colocou os lábios nos seus, inalando profundamente enquanto o beijava.

"Sempre."

*** *** ***

"Johnny, você não pode fazer isso." – Rogério olhava para ele completamente atônito.

"E por que não, exatamente?"

"Porque eles vão perceber."

"E daí? Eles já sabem onde nós estamos e quem nós somos, não vai mudar nada."

"Vai acelerar o processo. Eles vão ficar putos."

"Cara, nós entramos na casa deles, matamos uma boa dúzia, resgatamos a refém deles e saímos de lá ilesos. Eles já devem estar bem putos. Roubar meia dúzia de zumbis não vai mudar nada."

"E como exatamente você pretende fazer isso?"

"Não faço ideia."

"O arado." – Penny comentou, puxando a atenção dos dois para ela.

"O quê?"

"Eles usam zumbis como arado na horta. Deixam eles acorrentados durante a noite em árvores ao redor. Não precisamos invadir o castelo de novo, podemos simplesmente pegar os zumbis que ficam na lavoura deles enquanto dormem. Só vão perceber de manhã."

"E como você pode ter certeza de que eles ainda estão lá? Depois de tudo o que aconteceu, eles devem estar guardando essas criaturas com mais cuidado."

"Não, eu duvido disso. Eles não nos atacaram pessoalmente, atacaram? Não, mandaram os zumbis de estimação fazer o trabalho sujo deles. Imagino que eles acreditam estar mais seguros com eles na floresta."

"Vale à pena tentar." – Johnny já começou a visualizar em sua mente a lembrança das criaturas acorrentadas sob a luz azulada da lua.

"O pior que pode acontecer é eles não estarem lá, aí a gente volta de mãos vazias."

"Vocês dois são completamente loucos, sabiam? Vocês se merecem mesmo. Puta casal perfeito. Dois malucos sem noção de perigo."

"E não somos todos loucos nessa altura do campeonato?"

"Tá, façam o que quiserem. Eu só não entendo por que fazer tudo isso pra trazer essas criaturas escrotas para dentro do acampamento."

"Você já matou, Rogério? Já viu a vida esvair de outro ser humano pelas suas mãos?"

"Você sabe que sim." – Era na direção de Penny que ele falava agora e foi ela quem lhe respondeu.

"Pois então, a maioria dessas pessoas não sabe o que é isso, e se vamos para a guerra, precisam estar prontas para enfiar a faca no peito de alguém e sentir o coração se contrair pela última vez em torno de uma extensão do próprio corpo, olhar no olho de um ser humano e saber que está acabando com uma vida. E quando o momento passar, precisam dar as costas e fazer isso de novo. E de novo. E de novo. Mas eles estão vomitando ao esfaquear uma porra de um cadáver que já nem se mexe mais. Precisamos colocar cada pessoa aqui de frente com seus piores medos e sair de lá pedindo para fazer de novo, senão estaremos todos mortos em dias."

"E como é que meia dúzia de cadáveres comedores de carne nos ajudam com isso?"

"Este é o maior medo de todos aqui. Não foi por isso que viemos para cá, cada um de nós? Para escapar deles?

Pois então vamos colocar cada um para lutar com eles, Para poder matar, eles vão ter que perder o medo de morrer." – Johnny finalmente concluiu seu raciocínio, calando Rogério de vez.

*** *** ***

Johnny e Penny partiram no dia seguinte, deixando Rogério encarregado de manter ativo o treinamento do grupo durante a ausência deles.

Mais resistentes e fortes, fizeram o caminho muito mais rápido do que da primeira vez, movendo-se na mata com a destreza dos animais que habitavam aquele ambiente naturalmente. Estavam se tornando parte daquilo que os cercava.

Não pararam para dormir, aproveitando a cobertura fresca do ar da noite para aliviar os músculos que antes queimavam sob o sol. Alcançaram o descampado da plantação quando os primeiros raios roxos do amanhecer pintavam o céu.

Como previsto por ela, lá estavam os zumbis, sua pele macilenta sem refletir a luz da lua, apenas absorvendo a luz azulada e revelando teias inteiras de veias enegrecidas desenhando padrões sobre os músculos murchos.

Enquanto as criaturas ainda estavam acorrentadas, Penny amarrou camisetas velhas como mordaças, impedindo o movimento da mordida, e Johnny amarrou as mãos com cipós que sobraram da construção das armas. Soltaram as correntes arrebentando os cadeados frágeis com pedras. Eram seis criaturas no total e decidiram levar todas com eles, diminuindo assim o poder dos outros. Cada um puxava três pelas correntes fazendo o caminho de volta. Estavam exaustos e há mais de 24 horas sem dormir, mas não acampariam cercado pelas criaturas, especialmente depois de entender que estavam começando a se organizar coletivamente. Precisavam retornar à pousada e arrumar uma forma segura de estocar os mortos antes de pensarem em descansar.

O caminho de volta foi mais lento. Apesar destas criaturas não se arrastarem como aquelas que eles enfrentaram no continente, não tinham a destreza humana treinada de Johnny e Penny e frequentemente se enroscavam nas vinhas e raízes pelo caminho, embora os seguissem sem resistência, provavelmente acostumados com esta ação após o tempo passado trabalhando na plantação.

Já era noite quando retornaram, prendendo as correntes na linha das árvores próxima às costas da pousada, no qual tinham uma boa visão da janela do quarto que dividiam.

Rogério os recebeu com pratos de comida quente, pedaços gordurosos e suculentos de carne suína que ele caçara com as próprias mãos, como narrou animado para Johnny enquanto ele comia, orgulhoso do desempenho que inspirara no amigo barbudo.

"Foi tudo bem lá, gente? Encontraram algum problema?"

"Não, tudo muito calmo. Lá estavam as criaturas, como se estivessem protegendo alguma coisa, sem nenhum guarda por perto." – Penny recontou para Rogério.

"Devem estar trancafiados naquela porra de castelo lambendo as próprias feridas." – Johnny pensou no rosto de

Vinícius e em como escutou os ossos trincarem sob o impacto de sua bota – "E por aqui?"

"Tudo certo. Você os deixou mortos de medo, cara, eles estão treinando feito doidos mesmo quando não tem ninguém pra gritar com eles." – Respondeu alegremente, satisfeito em poder cutucar um pouco o cowboy e fazê-lo esboçar um mínimo de sorriso em sua face barbada.

OS ASSASSINOS

Ele sabia que a próxima etapa de seu treinamento seria mal recebida, mas também sabia que era essencial preparar a cada um deles para enfrentarem as consequências dos atos que a guerra os forçaria a cometer.

Enquanto Penny e Rogério já tinham adquirido o instinto assassino que ele procurava depois de tudo que viveram juntos, Johnny se questionava sobre o resto, especialmente aqueles que tinham reagido de forma tão frágil diante dos cadáveres inertes que ele utilizara anteriormente, como Diego.

Quando levou o grupo até as árvores atrás da pousada e revelou os seus zumbis acorrentados, amarrados e amordaçados ali, viu expressões confusas encarando-o de volta.

"Eu avisei vocês desde o início que isso não seria fácil e que iríamos além do limite. Já estamos explorando nossas capacidades físicas há algum tempo e eu vejo cada um de vocês se tornar mais forte a cada dia." – O grupo o encarava de volta, mais confuso do que nunca – "Mas isso não é o suficiente."

Ele caminhou até os zumbis, que se moviam meio atordoados com as limitações de movimento causadas pela soma das correntes e dos cipós, reagindo à presença da carne humana ao redor.

"Está na hora de explorarmos agora os limites de nossas mentes. Precisamos deixar para trás os serem humanos que conhecemos dentro de nós e encontrar assassinos. Frios, calculistas e cruéis."

Diego parecia tomar uma coloração esverdeada. Sabia que este momento chegaria, mas conseguira chegar até aquele momento sem tirar uma vida e a perspectiva disso o deixava positivamente enjoado. Ele sempre fora um homem de estratégia, não violência.

Ao fundo, separados do grupo, estavam dois irmãos que acabaram de chegar à ilha e, avisados de que estavam em guerra, se dispuseram a ajudar em troca de abrigo e recursos. Johnny tentara avisá-los de que eles não sabiam onde estavam se metendo, que o melhor para eles seria seguir caminho, mas aquilo parecia desafiá-los a ficar e, como resultado, agora observavam em silêncio o que se passava ao redor sem reclamar.

"Quantos de vocês tiraram uma vida desde que isso começou? Não estou falando dos mortos, mas dos vivos."

Algumas mãos foram ao ar. Penny, Rogério, Alice, Serginho, Vitor e dois dos recrutas que haviam chegado juntos em uma lancha na primeira leva de sobreviventes se manifestavam ainda receosos.

"E quantos de vocês fizeram isso sem ter peso na consciência no dia seguinte?"

Apenas as mãos de Penny, Rogério e Alice permaneceram erguidas.

"Não é o bastante. Quando entrarmos em guerra, cada um de vocês precisa estar preparado para dar um tiro na testa de um homem, sentir o sangue explodir em suas caras e seguir em frente. Senão, colocaremos o grupo inteiro em risco."

O silêncio reinava. Sabiam que ele tinha razão, mas para muitos deles aquele era o limite da sanidade.

Precisavam descobrir dentro de si mesmos se estavam dispostos a colocar em risco a própria sanidade para proteger uns aos outros. Ou se chegara a hora de considerar partir.

"Se algum de vocês quiser desistir, a hora é agora. O momento está chegando, eles podem aparecer aqui a qualquer momento armados até os dentes e nós precisamos estar prontos."

Não houve desistentes. Depois de todo o treinamento que passaram juntos, não iriam se render agora. Muito mais do que uma batalha, aquele era um aprendizado que os tornaria capazes de continuar sobrevivendo depois.

"Agora, eu e a Penny fomos até o acampamento deles nos dias em que estivemos desaparecidos e trouxemos de volta algumas criaturas ainda em pé. São o mais próximo que teremos de uma vida para ser desperdiçada. Vamos matá-los a todos, mas faremos isso com nossas mãos, nossas lâminas, nossos rostos colados nos deles, sentindo o gosto da morte respingar em nossas faces. E vamos aprender a gostar disso."

O foco principal de Johnny eram os elos mais fracos, aqueles que ainda não haviam enfrentado um campo de batalha. Diego, Marcela e os cinco recrutas que nunca haviam tirado uma vida humana. Sim, haviam matado zumbis. Naquele momento, nenhuma pessoa no mundo estava respirando sem ter feito isso ao menos uma vez, mas quantos não pereceram pelo caminho pelo medo de fazer o mesmo com uma pessoa viva?

Separou três das criaturas, mantendo-as acorrentadas pela cintura, mas removeu as amarras dos braços e a mordaça de suas bocarras. Penny, Rogério e

Serginho seguravam as correntes para poder puxá-los se fosse necessário.

Johnny começou com Diego, que aparentava ser o mais fraco entre eles quando o instinto assassino estava em xeque. Colocou uma faca em sua mão, e ele a empunhou como Penny o ensinara nos primeiros dias na ilha, ainda que um pouco desajeitado. Johnny o puxou para perto da criatura, colocando-o apenas centímetro fora do alcance dos braços esticados do zumbi voraz, que começara a rosnar para ele.

"Esvazie sua mente. Não pense nele como um ser humano. Ele é tudo aquilo que o feriu. Ele é as suas perdas, as suas dores, a sua morte. Ele precisa ser eliminado. Tudo que você vai enxergar na sua mente é um enorme ponto vermelho bem no peito dele e acertar este ponto vermelho é a única função da sua mente e do seu corpo agora. Nada mais importa."

Diego fechou os olhos e respirou fundo. Passou a encarar a criatura, olhando em seus olhos e vendo aquilo que Johnny descrevera para ele.

"Crave a faca no peito dele, Diego. E lembra-se que ele é mortal e, se você não conseguir tirar a vida dele, ele tirará a sua."

Diego acenou positivamente com a cabeça, mantendo seus olhos vidrados na criatura.

"Não basta só cravar a faca. Gire a lâmina, rasgue-os. Humilhe-os e tire deles a vontade de viver. Faça com que eles desejem a morte."

Diego sugou o ar, inflando os pulmões, e se jogou na direção da criatura, impulsionando o cotovelo para frente e colocando à prova os novos músculos desenvolvidos pelo treinamento pesado de Johnny. Sentiu as mãos que o agarravam, puxando-o para perto, enquanto sua própria enfiava a lâmina no peito da criatura, enterrando-se contra a carne e fazendo vibrar o cabo que ele apertava entre os dedos. Seguindo a orientação de Johnny, puxou a lâmina para cima, abrindo o peito da criatura e expondo os órgãos já quase desfeitos, jorrando a podridão sobre seu corpo. Penny puxou a corrente com força, puxando a criatura agora mutilada de cima de Diego, que ofegava coberto de sangue podre.

"Como você se sente?" – Johnny lhe estendeu a mão, ajudando-o a se erguer.

Diego encarou a criatura que vociferava para ele com a lateral interna do corpo agora exposta, a carne pendendo de seu peito enegrecido.

"Como se Deus não existisse. Como se EU não existisse. Tudo que restou foi o ódio."

"Lembre-se desse sentimento quando um homem estiver com uma arma encostando na sua têmpora e faça o mesmo com ele. Deus não existe. Você não existe. Apenas o ódio."

MOVIMENTOS

A perna ainda latejava a cada movimento, mas Vinicius se recusava a permitir que os poucos homens que lhe restavam o vissem naquela situação deplorável, de modo que passava a maior parte de seu tempo trancado nos seus aposentos particulares mascarando a dor com analgésicos e álcool. Não podia permitir que o General o visse como um fracasso novamente. Passava tanto tempo inebriado que quase não percebeu as batidas à porta.

"Entre!"

"Senhor, eles estiveram aqui novamente na noite passada."

"E como ninguém me chamou?"

"Só descobrimos pela manhã."

"COMO ASSIM SÓ DE MANHÃ? VOCÊS ESTÃO AQUI PARA QUÊ? JOGAR DAMAS?"

"Não, Senhor. Eles não vieram ao castelo, foram até a lavoura."

"A lavoura? Por que diabos a lavoura? Se estão na ilha já devem ter encontrado comida."

"Eles levaram os zumbis, senhor."

"E porque fariam isso?"

"Acreditamos que estão planejando retaliação ao ataque que enviamos em sua direção."

"Nao, eles são muito mais letais do que meia dúzia de zumbis, não precisam deles." – As palavras do General ainda ecoavam em sua mente entorpecida – "Tem alguma outra coisa acontecendo."

"Como devemos proceder, Senhor?"

"Fiquem no aguardo. Vou discutir o assunto com o General e lhes darei um retorno. Enquanto isso, verifique nossos estoques de armas e munições. Devemos nos preparar para um ataque, caso vocês tenham razão. Não podemos ter outra baixa como da última vez."

"Sim, Senhor."

O homem deixou seus aposentos e ele respirou fundo. Apenas ficar em pé já lhe deixava completamente atordoado, o peso sobre a perna ferida parecia insuportável. Ao menos o inchaço do rosto começara a diminuir e os hematomas agora amarelavam, deixando apenas os fios pretos e toscos da costura do supercilio como evidência da surra que tomara do cowboy.

Com mais um gole de Bourbon, deixou a dor dentro do quarto e foi em busca do General, que voltara a caminhar pelos corredores do forte em silêncio, deixando clara sua insatisfação com os resultados obtidos recentemente. Encontrou-o no telhado, seu lugar favorito, observando o mundo de cima como um bom ditador.

"Senhor?"

"O que foi agora, Vinicius?"

"Senhor, temos razões para acreditar que um ataque é iminente."

"Isso é muito preocupante, Vinicius. O que vamos fazer a respeito disso?"

"É por isso que estou aqui, Senhor. Precisamos decidir nossos próximos movimentos."

"O que você sugere?"

"Podemos atacar primeiro, não ficar esperando por eles. Pegá-los despreparados."

"Vinicius, às vezes é melhor ficar calado e deixar os outros pensarem que você é um idiota do que abrir a boca e acabar com a dúvida. Nós nunca os pegaremos despreparados. Eles já devem dormir com os olhos abertos apenas aguardando nossa próxima investida."

"Senhor, eu não acredito que..."

"Se eu quisesse a sua opinião, eu pedia. Na verdade, eu não me interesso mais pela sua opinião. Você já provou vezes demais que ela não vale muita coisa."

"Como devemos proceder, Senhor?"

"Verifique que nossos homens estão prontos. Separe nossas armas e os mortos. Tracem a melhor rota até o acampamento deles. Mande dois homens verificarem isso, mas tenha certeza de que não vão interagir com eles. Apenas reconhecimento. Vamos atacar em 72 horas, ao amanhecer."

"Sim, Senhor."

"E Vinicius?"

"Senhor?"

"A garota. Tragam ela viva."

"Sim, Senhor."

Vinicius partiu, deixando o general absorto em seus próprios pensamentos, ignorando as puxadas dolorosas na perna enquanto organizava seus homens para o movimento final que destruiria de vez os filhos da puta que arruinaram sua vida.

CORPO A CORPO

"Muito bem, pessoal, chegou a hora de testar o nosso treinamento. Este é o momento em que tudo muda. Este é o momento em que vocês abrem mão do medo. Será cruel, será difícil e vidas podem ser perdidas no processo, mas se não enfrentarmos nosso maior inimigo, morreremos com certeza."

Estavam novamente no campo, os zumbis acorrentados às árvores pareciam mais ferozes depois de não terem sido alimentados e agora rosnavam na direção deles com fervor.

"Penny, vou pedir para que você seja a primeira. Está preparada?"

Ela se afastou do grupo, aproximando-se de Johnny e entregando a ele sua faca como resposta.

Ele contornou uma das árvores, soltando a corrente do maior entre os seis monstros que haviam roubado de seus inimigos. Poderiam tê-los usados como armas, da mesma forma que fora feito contra eles, mas Johnny escolhera transformar seus companheiros em máquinas de matar ao invés de depender da volatilidade de seis soldados descontrolados no campo de batalha. Além disso, Penny havia contemplado que os Outros esperariam por isso ao descobrirem que os haviam roubado, e Johnny preferia trabalhar com um elemento surpresa ao invés de seguir estratégias óbvias.

"Afastem-se todos, deem espaço a eles. Façam um círculo."

O grupo obedeceu, formando uma roda em torno de Penny, Johnny e o zumbi faminto.

"Penny, você só sai da roda quando ele estiver morto. Ninguém vai te ajudar, estamos aqui apenas para observar." – Ele a encarava com súplica nos olhos. Precisava que ela fosse sua maior aliada neste momento crucial.

Um dos irmãos parecia indignado, ainda não estava acostumado com a versão fria de Johnny que assumia o comando quando o assunto era a preparação da equipe.

"Mas... Ela está desarmada!"

"Não, não está. Ela é maior forte, mais rápida e mais inteligente do que essa pilha de carne podre. Ela tem todos os recursos que precisa. Vocês precisam abrir mão do medo."

"Vocês espera que ela mate essa merda com as mãos?"

"Não, eu espero que TODOS vocês façam isso. Está pronta, Penny?"

Ela acenou positivamente com a cabeça em silêncio enquanto estralava as juntas. Sentia o frio da adrenalina lhe percorrer as veias.

Johnny soltou a corrente e se uniu ao restante do grupo no círculo de espectadores com a faca dela presa à própria bainha.

Penny aproximou-se equilibrando o peso entre as pernas semiabertas, o pé esquerdo à frente do direito, os joelhos levemente dobrados, encarando a criatura e apagando o resto de sua visão. Tudo que existia naquele momento era ela e o predador que rosnava em sua direção mostrando uma boca estendida, quase rasgada, se movendo à sua frente, arreganhando os dentes imundos para ela. Tomou-se por um ódio indescritível diante da lembrança de tudo o que perdera por causa daquela infecção maldita.

Sentia os movimentos da criatura avançando em sua direção em movimentos curtos, tocando sua carne com os dedos carcomidos, a pele emborrachada se prendendo à sua enquanto ela própria usava seus movimentos curtos para escapar. Subitamente, olhou naqueles olhos leitosos e avançou em um salto único, cravando as próprias mãos no pescoço saltado, sentindo as veias inertes sob suas unhas e derrubando a criatura no chão sob si.

Engalfinhavam-se sobre a grama rarefeita do campo. Ela sentia o cheiro azedo da bocarra que batia os dentes em uma tentativa de cravá-los nela e apertou seus dedos contra a traqueia da criatura que, por não respirar, não parecia enfraquecer diante do fechamento das vias respiratórias.

Penny sentia as mãos tentando agarrar seu cabelo, os dedos levemente tocando a ponta do rabo de cavalo alto que balançava às suas costas. Levantou o braço direito, mantendo pressionado com a mão esquerda o pescoço cuja estrutura muscular se contraía sob seu toque, movimentando-se com as tentativas de morde-la, a mandíbula batendo com o barulho oco de ossos se chocando cada vez que a dentição superior se encontrava com a inferior, saliva grossa e esverdeada respingando em seu rosto.

Fechou o punho da mão cuja manicure já não era feita há meses, cravou as unhas sujas de sangue e terra na própria palma e desceu o braço, sentindo o impacto contra os ossos do crânio da criatura, uma dor latente agora pulsando nos nós dos dedos apenas convidando-a a continuar enquanto a criatura em si não demonstrava nenhuma reação diante das investidas dela. Não, certamente não era a mesma criatura que ela encontrara no continente.

Levantou o cotovelo e repetiu o movimento duas vezes até escutar os ossos se partirem, sentindo a fissura reverberar dentro de si mesma enquanto a coisa sob seu corpo se contorcia em avanços para derrubá-la e derrotá-la. Na terceira vez que ergueu o punho, a criatura conseguiu se desvencilhar de seu controle, derrubando-a de lado no chão e avançando como um lobo sobre seu corpo para o golpe fatal.

Ela girou o corpo, conseguindo se virar e segurar o zumbi pelos cabelos, mantendo os dentes a uma distância segura o bastante para sentir o que um dia fora saliva escorrer em sua face sem que os dentes a arranhassem. A voz de Johnny ecoou.

"LEVANTA DAÍ , PORRA! VOCÊ É MELHOR DO QUE ISSO!"

Tentava empurrar a coisa para longe se si, mas o peso e a fome da criatura eram maiores do que ela. Segurava os cabelos tentando não os arrancar. Com a mão sobressalente, segurou a testa de seu atacante e, sem questionar o próprio julgamento, enfiou o polegar no globo ocular do zumbi, sentindo-o estourar sob sua pressão, escorrendo líquidos viscosos que espirravam sobre sua face. Usando essa mão como principal apoio, repetiu a ação com a outra mão, soltando os cabelos e puxando a criatura para o lado pelas órbitas agora praticamente vazias e, em um giro felino, retomou sua posição em cima dele, as pernas abertas em torno do seu corpo, os joelhos pressionando os braços contra o chão enquanto a criatura se debatia com as pernas livres, jogando o corpo dela de um lado para o outro como um touro enlouquecido a caminho do abate.

Penny jogou toda a sua força nos braços, enterrando os dedos dentro da face da criatura com toda a força humanamente possível. Sentiu o osso se partir com a fissura que seus socos já haviam causado e continuou a pressão, destruindo as feições até então quase humanas, amassando aquela face distorcida o bastante para que ganhasse o tempo de levantar o punho direito e continuar a espancá-lo.

Entrou em transe, cravando o punho repetidamente no mesmo local cujos ossos haviam acabado de ceder até sentir romper a carne, o crânio e finalmente o cérebro da coisa, que o levara a parar de se mover. Mas isso não foi o bastante. Penny simplesmente continuou, descontando naquele único cadáver todas as dores que lhe foram causadas até então. Só parou quando Johnny segurou seu braço com mais força do que faria normalmente, puxando-a de volta para a realidade.

"Ele está morto. Pode parar agora."

Penny não respondeu. Levantou ofegante ainda encarando o que restara de seu inimigo e que agora não passava de uma massa disforme e destroçada no chão. Tudo que restara dele além daquilo eram os fluídos que a cobriam quase completamente.

A voz de Johnny a arrancou de seu estupor, colocando em foco novamente o mundo ao seu redor e as faces que a encaravam silenciosas depois de assistir ao massacre.

"Entenderam agora? Isso é o que eu espero de cada um de vocês. Seja um zumbi ou um soldado, tudo que precisamos para sobreviver aqui é a certeza de que sairemos de lá vivos. Precisam ter essa certeza quando estiverem enfrentando qualquer ameaça. Isso será importante agora, mas também será importante depois, todos os dias. Só podemos contar com nós mesmos. Se deixarmos o medo tomar conta de nós, não teremos chance."

O grupo os encarava em silêncio. Não era preciso explicar mais nada. A visão de Penny com os cabelos grudados no rosto, coberta de lodo negro fora o bastante para esclarecer o que Johnny estava fazendo ali e suas razões. Para a surpresa de todos, a primeira voz a se pronunciar foi de um dos irmãos, o mesmo que apenas minutos antes estava questionando a falta de defesa de Penny.

"Eu quero ser o próximo."

"Você ainda não está pronto pra isso." – Johnny avisou categórico.

"Eu acho que sou capaz de definir meus próprios limites, obrigado."

"Cara, nós estamos nessa rotina de treinamento há muito tempo e vocês acabaram de chegar aqui. Você não está pronto pra isso."

"Solte a porra do zumbi em cima de mim logo."

"Eu não vou me opor se é isso que você quer, mas lembre das regras: ninguém aqui vai ajudar você. No momento em que você entrar a roda, estará sozinho."

"Você não vai me deixar morrer."

"Vou, sim. Temos uma batalha muito maior a lutar. Estamos lutando por algo muito maior do que qualquer um de nós."

"Muito bem, eu estou pronto. Pode soltar."

Johnny sinalizou Serginho com a cabeça, e ele foi buscar mais uma criatura, trazendo-a pela corrente até o centro da roda.

"A escolha é sua."

Puxando Penny pelo braço, Johnny se juntou à roda e Serginho soltou a corrente. Sentia a garota reverberar, ainda pulsando adrenalina.

Ali dentro, a visão era de início de embate em torno do cadáver que acabara de ser destruído. Ele era um homem grande, os músculos do braço reluziam sob o sol cobertos de suor. Mas Johnny pressentiu em seus ossos o que estava prestes a acontecer diante da arrogância do homem. Sussurrou no ouvido de Rogério, que se entrepunha entre ele e o irmão do homem, cujos olhos seguiam os movimentos dentro do círculo com a intensidade de um animal cuja prole fora colocada em risco.

"Fique preparado para segurar o irmão. Não podemos deixar ele intervir e o que vamos assistir não será bonito."

"Você vai mesmo deixar ele morrer?"

"Vou. Não colocarei ninguém mais em risco aqui por causa da arrogância de um babaca qualquer. E vai ser bom para o grupo assistir isso, entender com o que estamos lidando."

Durante toda a troca de palavras, os olhos de Johnny ficaram fixos na ação que acontecia para a plateia. O homem era grande, sim, mas a criatura era mais feroz. Ele fez algumas investidas, acertou alguns golpes, mas nada impedia que o zumbi seguisse atraído para ele, arreganhando os dentes com os braços erguidos. Johnny viu o medo tomar o lugar da arrogância e foi o exato momento em que seu pressentimento foi confirmado. Mesmo antes de acontecer, ele viu a vida deixar os olhos do homem quando o pavor se instalou. Tudo que esperava à partir daquele instante é que isso se tornasse evidente para os outros também.

Sinalizou para Rogério que a hora estava chegando, permitindo que ele segurasse o irmão bem no momento em que os dentes do zumbi romperam a carne do ombro do homem, derrubando-o no chão. O irmão tentou se lançar para frente em resgate do homem, mas a força combinada de Rogério e Johnny conseguiu conte-lo. Por alguns minutos, Johnny permitiu que o zumbi devorasse o homem que se contorcia e berrava no centro da roda diante dos olhos apavorados do grupo. Então sinalizou Serginho para que tomasse novamente a corrente em mãos, arrastando a criatura alimentada para longe com mais esforço do que esperava e prendendo-a novamente nas árvores com seus companheiros enquanto o homem dava seus últimos suspiros, doídos e sofridos, diante da audiência cativa.

"Estão vendo o que acontece quando deixamos o medo tomar conta de nós? ENTENDEM AGORA?"

"SEU FILHO DA PUTA! VOCÊ DEIXOU MEU IRMÃO MORRER!"

"Ele sabia as regras."

"FODAM-SE AS REGRAS!"

"NÃO, CARALHO! É ISSO QUE VOCÊS PRECISAM ENTENDER! OLHE BEM PARA O QUE RESTOU DELE E DECIDAM AGORA QUE ESTE NÃO SERÁ VOCÊ!"

"EU VOU MATAR VOCÊ!"

"Não, não vai. Você vai entrar ali e vai matar a criatura que assumirá o corpo do seu irmão em minutos."

"O CARALHO QUE EU VOU!"

"Vai, sim. Sabe por que? Porque o seu irmão não existe mais. Aquilo ali que restou é apenas a casca. Ele não vai voltar. Ele não existe mais. E tudo que eu estou tentando fazer é garantir que, quando tudo isso acabar, nenhum de nós se torne apenas uma embalagem ambulante. Ele vai levantar, caminhar e então vai tentar matar você. Faça a escolha agora de que você vai sobreviver e tenha esta certeza dentro de si. É a única forma de conseguir passar por isso e sair do outro lado com feridas que vão se curar com o tempo."

Rogério sentiu o corpo que segurava se acalmar e parar com as tentativas de escapar de seu aperto e, lentamente, foi soltando-o até que ele se tornasse apenas um homem ajoelhado no chão com lágrimas nos olhos.

Johnny foi até ele, entregando em suas mãos a faca de Penny que ainda estava em sua bainha.

"Vá em frente. Faça o que precisa ser feito. Este é o momento da sua decisão. Você pode ser impulsivo e me atacar, o que unirá você ao seu irmão, ou você pode fazer a coisa certa e decidir sobreviver por vocês dois."

A roda permanecia em silêncio. Johnny afastara-se do irmão ajoelhado, esperando sua reação. O homem no chão já não mais se debatia, e sabiam pelas evidências da última batalha que ele não demoraria em se levantar.

"Vá em frente. Tome sua decisão antes que eu a tome por você."

O outro se levantou, passou por Johnny olhando para o chão e se agachou ao lado do corpo do irmão observando as feridas letais que ainda transbordavam sangue vermelho vivo em golfada gradativamente mais lentas.

"Esta é para nós dois, Beni."

E cravou a faca de Penny na têmpora macia, lágrimas correndo de seus olhos pela face suja da poeira de terra levantada criando pequenas trilhas úmidas sobre a pele. Devolveu a faca para Johnny, que a entregou para sua dona. Penny limpou o sangue e os fluídos do homem morto na lateral da calça ainda imunda e encaixou-a de volta no cinto enquanto Johnny encarava o olhar perdido do homem à sua frente.

"Nunca se esqueça do que você está sentindo neste exato momento. Vai ser isso que o fará sobreviver quando alguém tiver uma arma apontada para o seu peito e tudo que você puder contar for você mesmo."

Se alguém esperava que aquele clímax sentimental fosse o final da lição de sobrevivência de Johnny, estavam muito enganados. Ele via aquele infeliz perda como o combustível ideal para incentivar o grupo. O que acabaram de assistir poderia acontecer com qualquer um deles e era hora de encararem e aceitarem isso, se preparando para o pior e enfrentando seus demônios.

Não tinham criaturas o bastante para que todos, mas sabia que precisavam acima de tudo eliminar os elos mais fracos da corrente. Assim como Diego enfrentara seu medo sem resultar na morte de uma das cobaias, deixando-a apenas mutilada, teria que forçar cada sobrevivente de uma forma diferente até que todos tivessem a oportunidade de enfrentar a morte e perder aquele medo latente o humano do desconhecido.

As duas demonstrações que tiveram até aquele momento eram tão distintas que tornavam as possibilidades infinitas. Penny não dizia uma única palavra, seu olhar perdido ainda focado nos corpos se acumulando ao centro da roda. Johnny chamou cada um deles para uma rodada de luta corporal com as criaturas. Em alguns momentos, ele interrompia as lutas no meio, utilizando um de seus agressivos discursos inspiracionais para justificar as paradas.

Ele observava o limite pessoal de cada um, deixava que os ultrapassassem e então interrompia. Em alguns casos, deixava que a luta se tornasse fatal. Rogério, Serginho e Alice foram deixados para lutar até o fim. Johnny sabia que eram eles que tinham a maior chance de sobreviver ao embate, cada um deles se jogando com o corpo inteiro, aumentando a pilha de cadáveres e manchando pele e roupas com as evidências das batalhas.

Observando o seu pequeno exército de civis se engalfinhando com os mortos sem uma única lâmina para defende-los saindo vivos daqueles embates o enchia de satisfação. Sabia que vinha sendo cruel e distante, que vinha se tornando um selvagem mas, vendo de perto o resultado daquela postura, tinha na boca do estômago a certeza de que estava fazendo a coisa certa, estava transformando pessoas comuns em guerreiros capazes de sobreviver ao fim do mundo. Isso era tudo que importava agora.

Depois que todos da roda tiveram seu momento de embate, ele sabia que chegara a sua vez. Para ser honesto, ansiava por isso. Serginho, já imundo do que se passara por sangue da criatura que acabara de destroçar com suas próprias mãos, soltou a corrente, permitindo que Johnny se entregasse de vez aos seus próprios instintos.

Diferente dos outros, que aguardavam o primeiro movimento da criatura, Johnny se arremessou contra o corpo molenga à sua frente, jogando-o no chão imediatamente. Com os punhos cerrados, os músculos do braço reluzindo de suor pulsando em resposta aos movimentos rápidos e ágeis de seus membros treinados.

Sua mente agora estava vazia, tudo que restava dentro dele era a dor. Assim como ensinara a cada um de seus recrutas, se deixou tomar pelas lembranças de tudo que perdera durante a praga e tudo que fora forçado a fazer para chegar ali. Toda a culpa no peito por ter sido passivo com o que assistira durante seu tempo na mansão, todas as mortes inocentes que não fora capaz de impedir, toda fúria que o tomara quando vira Max ser chutado longe pelo homem da mercearia, toda a fúria de assistir Penny ser perseguida por aquele homem ruivo no hotel, todas as pessoas que ele jamais veria novamente. Toda aquela dor estava agora estampada no punho que ele erguia na direção dos dentes afiados da criatura sob seu poder.

Não acertou o crânio, como a maioria dos sobreviventes haviam feito, acertou os dentes. Sem medo de se ferir, sem medo de morrer, desceu o punho fechado na boca arreganhada duas, três, cinco vezes, transformando em fragmentos de ossos as presas que tanto assustavam os vivos.

Não ele, nunca ele. Não temia a morte há muito tempo. Temia as perdas. Toda a sua dureza em cima de Penny, Serginho, Rogério e ou companheiros vinha deste lado humano que temia mais pelos outros do que por si mesmo. E isso agora era transmitido em vibrações de violência sobre a imagem da morte que o encarava de volta.

Levantou-se, deixando o cadáver se erguer em seu encalço, agora batendo a boca desdentada em sua direção. Johnny sorria para ele, um sorriso de dominação e conquista. Estava intacto, sabia disso. Não havia arranhões em suas mãos, a infecção não o atingira, provando novamente que a ausência do medo era a chave para a sua sobrevivência.

O zumbi avançou na sua direção, tentando agarrá-lo com as mãos ossudas, mas Johnny agora era o predador e não a caça. Com um único golpe, derrubou-o novamente do chão, enfiando a face imunda na terra. Com a bota ainda suja do sangue de Vinicius, pisou na nuca do cadáver vezes seguidas, amassando o que restara de sua face após a surra de seus punhos. Líquidos translúcidos misturados ao sangue negro vazavam de todos os orifícios à medida em que o pé pesado de Johnny destruía a massa da cabeça já disforme até a coisa parasse de se debater. Entre todos os que haviam passado pela roda, Johnny era o único a terminar seu embate em pé.

Retomou seu lugar à roda ao lado de Penny. O grupo permanecia em silêncio, observando os restos humanos que se acumularam na grama. Havia entre eles um senso comum de confiança após compartilharem aqueles momentos de entrega. Juntos, haviam encarado os dentes ferozes da morte e sobrevivido. Juntos, enfrentariam qualquer coisa. Sairiam vivos ou morreriam uns pelos outros.

A ÚLTIMA NOITE

Retornaram para a pousada exaustos, cobertos de sangue imundo e silenciosos. Cada um foi para o seu quarto lavar a alma e o corpo dos acontecimentos do dia, absorvendo as consequências e os aprendizados que aquela lição violenta lhe trouxera.

Penny ainda não dissera uma palavra desde que se levantara de sua própria batalha pessoal. Entrou no quarto e foi direto para o chuveiro, deixando Johnny sozinho com Max. Aquele momento era apenas dela.

Com a água caindo sobre as costas, esfregava o corpo inteiro com força, tentando lavar de si mesma não apenas os fluídos da morte, mas as lembranças que a tomaram durante aquele embate. Enquanto encarava o zumbi, sentindo as mãos tentando força-la para o chão, sua mente foi longe, para uma noite anterior ao apocalipse em um banheiro de balada qualquer. Os olhos que ela encarou naquela tarde não eram os de um zumbi qualquer. Eram de Fernando. Um Fernando que apenas ela conhecia.

Sabia que Johnny estava preocupado com seu silêncio, mas aquele demônio era só seu. Lutara muito contra si mesma para deixar aquela versão sua, fraca e impotente, no passado, para seguir em frente com Johnny e recomeçar a viver, não apenas sobreviver. Reviveu em sua mente a último encontro com ele, os olhos arregalados que a encaravam enquanto as criaturas mordiam sua carne. Aquele era o combustível dela. Se ela sobrevivera a Fernando, poderia sobreviver a qualquer coisa.

Quando saiu do banho, os longos cabelos molhados caindo sobre os ombros, Johnny a esperava sentado sobre a cama com Max no colo. A expressão dela já era outra, os olhos escuros eram calorosos novamente.

"Eu acho que é hora de atacar."

"Agora? Deixa eu colocar um roupa antes?" – Ela sorriu para ele, já livre do peso das memórias, que deixara escoar pelo ralo junto à água imunda que lavara seu corpo.

"É sério, Penny. Eles sabem que roubamos os zumbis e Rogério tem razão, devem atacar logo."

"E você quer atacar primeiro, certo? Não ser pego de surpresa."

"Exatamente, você me conhece. Você viu os olhares de todos hoje. Estão tomados de fúria, estão com fogo nas veias, acabaram de enfrentar seus maiores medos e sobreviveram. Quero aproveitar esse sentimento."

"Eu confio no seu julgamento, Johnny. Se você tem certeza de que chegou a hora, eu estou pronta."

"Vamos falar com eles agora."

"Calma, Cowboy! Vá tomar um banho e a gente conversa com todos no jantar quando estivermos reunidos." – Ela beijou os lábios dele, ainda cobertos de sangue seco. Um beijo leve, carinhoso. Ele precisava daquilo para ter a segurança de que aquele treinamento não havia criado nenhuma ruptura entre os dois.

Johnny entrou no banheiro e Penny se deitou na cama ainda enrolada na toalha, Max cheirando seu cabelo molhado e pulando ao seu redor querendo atenção. Ela acariciou-o atrás da orelha e prometeu a ele que, em alguns dias, estariam de volta à pousada livres de ameaça. E vivos.

*** *** ***

Estavam sentados na varanda, pratos de carne assada no colo. Ninguém mais comera depois que Johnny falou.

"Você acha que estamos prontos? De verdade?" – Diego perguntou com um nó na garganta.

"Acredito que não podemos ficar esperando. Se nós atacarmos, os pegaremos de surpresa e teremos a vantagem. Acredito que, depois de tudo que vi vocês fazerem hoje, o momento é esse."

"Qual é o plano?"

"Esta noite, vamos separar todas as nossas armas, avaliar o que temos e dividir tudo entre nós. Amanhã, quero partir antes de amanhecer. A caminhada até lá leva uns dois dias, então quero ir pelo mar. Podemos nos dividir em dois barcos e contornar a ilha pelos dois lados, atacando pelos flancos."

"Eles não vão ver os barcos chegando?"

"O ideal é aportarmos alguns quilômetros antes e fazer o resto do caminho pela mata."

"E quando chegarmos lá?"

"Matem todos. Não deixem que falem nada. Pensem neles como os zumbis que enfrentaram hoje. Uma ameaça às nossas vidas. Precisam esquecer que eles são pessoas e vê-los apenas como alvos."

O silêncio se instalou novamente, dando espaço às trocas de olhares.

"Preciso saber que vocês estão comigo. Precisamos confiar um no outro. Entramos juntos e saímos juntos."

O silêncio se tornou um murmúrio coletivo de acordos. Estavam prontos. Amanhã iriam lutar ou morrer tentando.

Depois de terminarem de comer, se dividiram em grupos para preparar o ataque da manhã seguinte.

Marcela levou um grupo para selecionar e preparar os barcos. Ela levaria o grupo maior no iate e o segundo grupo iria com uma das lanchas. Não levariam comida ou mochilas, apenas armas.

Johnny e Penny reuniram um segundo grupo para separar as armas que possuíam. Muitas pistolas que os sobreviventes haviam trazido consigo, mas a munição era limitada. Johnny agradeceu a si mesmo por tê-los treinado para combate corporal. Olhando aquilo, sabia que precisariam disso.

Tinham muitas facas à disposição, o suficiente para que todos tivessem pelo menos uma consigo, mas as armas de fogo precisavam ser bem distribuídas. Aquelas com a menor quantidade de munição disponível seriam entregues aos melhores atiradores, cuja probabilidade de erros e desperdícios era inferior. Penny se ofereceu para ir desarmada. Se sentia mais segura com sua faca, mas Johnny recusou escutar aquilo e a forçou a levar consigo uma pistola automática e dois pentes com doze tiros cada.

Alice bateu à porta enquanto separavam as armas. Queria falar com Johnny antes de se retirar para o quarto. Ele deixou Penny organizando as coisas e saiu para falar com Alice.

“Quero fazer um pedido pessoal.”

“Pode falar.”

“Quando dominarmos o castelo, eu quero matar o General.”

“Que diferença isso faz?”

“Ele é o responsável pelo que aconteceu comigo e eu quero ser a última coisa que os olhos deles vejam quando a vida deixar o seu corpo.”

“Não posso fazer promessas, lembre-se que esta não é uma batalha de egos e sim uma defesa coletiva. Mas vou tentar.”

“Obrigada.”

CAMPO DE BATALHA

Johnny e Penny se levantaram antes do dia amanhecer por completo, chamando todos os sobreviventes. A maioria deles não havia dormido direito, misturando as lembranças de seus embates pessoais da tarde com a ansiedade do que estava por vir.

Rogério e Serginho se dividiram entre os dois barcos, cada um com um rifle de longa distância em mãos. Alice acompanhou Serginho para a lancha com Diego, Vitor e alguns dos outros novos recrutas. Johnny e Penny se juntaram a Rogério e Marcela no iate, acompanhados dos recrutas restantes.

"Johnny, não podemos deixar o Max aqui sozinho." – Penny levantou a questão que ele parecia querer evitar.

"Não vou colocar o Max no meio da guerra." – Sua resposta foi seca.

"Não é isso que eu estou sugerindo, mas não podemos deixar ele aqui sem ninguém. E se algo acontecer com a gente? E se os outros estiverem a caminho enquanto estivermos no mar?"

"O que você sugere?"

"Acho que devíamos levar ele conosco. Podemos prender o colete salva vidas nele novamente e deixar ele esperar no barco."

"Deixar ele sozinho no barco é tão perigoso quanto deixá-lo aqui."

"Sim, eu sei, mas ele estará próximo de nós. Se precisarmos bater em retirada, ele estará conosco."

Johnny pensou no assunto. Não queria se preocupar com o bem-estar de Max enquanto estivesse focado em vencer uma pequena guerra e Penny tinha razão. Deixa-lo para trás poderia significar colocá-lo na situação de se tornar uma casualidade.

"Você está certa. Vamos leva-lo conosco. Mas ele não sai do barco."

"Vou prepara-lo."

Max não ficou nada satisfeito em ter aquele colete laranja incomodo amarrado no corpo novamente, mas parecia tranquilo em estar ao lado de Johnny. As idas e vindas do dono o deixavam ansioso. Quando os barcos partiram, seguindo caminhos opostos, a sensação no ar era de conclusão. Estavam verdadeiramente preparados. Aquele era o começo de uma nova fase.

A calma da rápida jornada era um prazer raro que compartilhavam, sentindo a brisa salgada da manhã despontando no horizonte lhes lamber os rostos, livrando-os momentaneamente da tensão do que estavam prestes a fazer.

Pela mira do rifle, Rogério avistou o castelo ao longe, suas torres de pedra se pronunciando atrás da muralha de vegetação que os separava e Marcela ancorou em uma encosta próxima que parecia ainda intocada pelos soldados. Enquanto preparavam o bote para fazer o restante do caminho, Johnny tomou Max no colo e, olhando nos olhos escuros do cachorro, fez a mesma promessa que fizera meses antes ao deixar a segurança da casa que habitavam para resgatar Penny:

"Eu preciso ir, mas eu vou voltar. Por você."

Em resposta, Max ganiu baixinho e lambeu seu nariz. Johnny o trancou dentro da cabine principal e encontrou os outros que o aguardavam no bote. Penny segurou sua mão brevemente.

"Ele vai ficar bem. Estará esperando pela gente. Não vamos perder o que construímos."

Ele sorriu para ela e, juntos, começaram a remar em direção à ilha, em direção à batalha para a qual vinham se preparando há semanas.

Não teriam notícias dos outros enquanto não alcançassem finalmente o território inimigo, mas Johnny escolhera tomar o caminho mais longo para poder eliminar eventuais ameaças que se escondessem nos arredores do castelo. Não queria ter distrações quando chegassem lá.

Caminhavam em silêncio. Não conheciam aquele pedaço da ilha, então apenas seguiam Johnny, que utilizava seus conhecimentos práticos de direcionamento na mata para manter o grupo na direção do castelo, no que ele afirmava ser a ponta sudeste da ilha.

Aproximando-se da linha da mata, Johnny sinalizou para que parassem e retornassem alguns metros para dentro da mata para que pudessem conversar e se organizar.

"Estamos quase no castelo, já dá para ver a encosta de pedra e a lateral. Rogério, você precisa encontrar um lugar alto e se ajeitar. Vamos precisar que você nos ajude a abrir caminho entre os guardas que com certeza estarão na entrada. Quando a munição do rifle esgotar, venha para o meio da zona com a gente, vamos precisar de quantos braços tivermos."

Rogério confirmou com a cabeça e se afastou em busca de uma árvore alta o bastante para lhe dar visibilidade e com troncos fortes para que pudesse se ajeitar.

"Quero todos com as armas em mãos. Quem tiver um pente extra, deixe-o fácil de ser alcançado para garantir que não perderemos tempo ou vidas na hora de recarregar. O mesmo vale para suas facas. Lembrem de apostarem no combate corpo a corpo sempre que possível para economizarmos munição. Se passar por algum soldado morto que ainda esteja armado, peguem as armas deles. Estamos prontos?"

O grupo concordou coletivamente e se dividiu em três duplas. Penny seguiu com Johnny enquanto Marcela seguiu com o irmão do homem que perdera sua vida no treinamento e os outros dois recrutas novos se juntaram. Espalharam-se em linha reta esperando o sinal do primeiro tiro de Rogério. Johnny olhou para o companheiro, que já se ajeitara no topo de uma árvore e agora olhava pela mira.

"E então? Com o que estamos lidando?"

"Cara, consigo ver meia dúzia de guardas e uma caralhada de zumbis, aqueles novos e esquisitos, tipo os que eles enviaram para nos atacar. Em quem eu foco primeiro?"

"Foque nos soldados, eles estão armados. Os zumbis a gente mata aqui no chão."

"Posso atirar?"

"Quando você estiver pronto, o sinal é seu, cara."

"Boa sorte, gente."

"Nos vemos lá dentro."

Johnny e Penny se prepararam para correr. Rogério encheu o pulmão de ar e, soltando lentamente a respiração, apertou o gatilho a primeira vez, estourando a cabeça de um dos soldados e dando início a uma batalha letal.

As criaturas reagiram ao barulho do tiro mais rápido do que os soldados, ainda atordoados com a súbita explosão de sangue e massa cinzenta que agora manchava a enorme porta principal do forte. Selvagens e animalescos, os mortos iniciaram um trote coletivo na direção da mata, suas bocas enormes arreganhadas com os dentes afiados à mostra. Eram predadores em busca da caça.

Sem contato visual com os outros, Johnny e Penny correram na direção da massa de corpos decompostos que se movia uniforme. Encontraram-se antes de chegar à clareira que abrigava o forte.

Utilizando os punhos e as facas, se jogaram no meio da multidão de cadáveres famintos, a certeza de que não se tornariam um deles pulsando no peito. Johnny empunhava um soco inglês preto e sua butterfly e arrebentava qualquer coisa que se movesse em sua direção, rachando crânios e perfurando têmporas, nucas e gargantas até sentir o cabo da faca entrar na carne.

Penny acompanhava o ritmo dele, apesar de não possuir a mesma força física dos anos de treinamento dele. Usava a bota para afastar os que se aproximavam enquanto eliminava, um a um, aqueles que a cercavam com a faca de osso cujo cabo já pingava o excesso de fluídos negros das criaturas caídas.

O único sinal de seus companheiros era o barulho das criaturas que os atacavam. Escutavam os tiros de Rogério às suas costas e a retaliação das balas dos soldados que ainda não haviam conseguido estabelecer a posição exata deles e atiravam na direção da mata sem se importarem em quem ou o que estavam acertando.

Podiam escuta-los gritando, mas era impossível discernir as palavras no meio da confusão com aquela distância entre eles. Correram paralelamente à linha das árvores, aproveitando a cobertura da mata enquanto Rogério tentava eliminar a ameaça humana com seus tiros certeiros de longa distância, logo encontrando o agrupamento no qual Marcela agora se engalfinhava com uma criatura que a prensara no chão pelos cabelos e mordia o ar a centímetros de seu rosto. Ao lado dela, seu parceiro lutava com duas criaturas ao mesmo tempo e, tentando evitar as mordidas de ambos os lados, não conseguia liberar os movimentos para elimina-los. Penny saltou em auxílio da amiga enquanto Johnny se ocupava com um dos zumbis que tentava morder o recruta. Em quatro pessoas, eliminaram rapidamente a ameaça no momento em que a última dupla alcançou a posição deles, todos agora cobertos de sangue. Rogério apareceu em seguida, o rifle nas costas.

"Consegui eliminar cinco deles e mais alguns zumbis retardatários. Os outros se refugiaram dentro do castelo. Teremos que entrar para continuar nossa missão."

"Não podemos usar a porta principal. Eles estarão esperando do outro lado com milhares de canos apontados na nossa cara." – Um dos recrutas comentou, espiando entre as árvores em busca da visão da entrada principal.

"O túnel. Podemos tentar o túnel, encontrar os outros no caminho. Eles iam pra lá, certo?" – Penny questionou Johnny.

"Sim, podemos tentar, mas tenho certeza de que eles já devem ter descoberto essa entrada depois que resgatamos Alice e, com o estardalhaço que fizemos agora, somado ao aviso que os soldados certamente já espalharam lá dentro, devem estar nos esperando ali também."

"Nossas opções estão se esgotando." – Marcela constatou, a testa franzida em preocupação.

"Se os outros irão entrar pelos túneis, sugiro procurar outro caminho, expandir nossa área de ataque." – Penny respondeu, olhando para Johnny em busca de uma opinião.

"Podemos tentar arrebentar uma janela. O Rogério pode se posicionar e atirar nos caras de longe."

"Tá, mas e a gente?"

"A gente aproveita essa distração pra arrebentar a porta principal. Vamos chegar por todos os lados."

Era o melhor plano que podiam pensar tão rápido. Alcançaram a linha das árvores e conferiram que, de fato, não havia mais nada protegendo o lado externo da entrada do castelo. Tudo que havia entre eles e a porta agora era um rastro de corpos deixado por Rogério enquanto batalhavam com os zumbis na mata. Ele correu para a lateral da construção sem deixar a proteção da linha das árvores e se ajeitou no chão mesmo, deitado sobre a grama com o rifle apontado para a janela.

O vitral colorido que cobria a lateral da parede de pedra se estilhaçou e, em segundos, múltiplos tiros começaram a estourar pelo vão deixado. Rogério continuou atirando até acabar a munição e, largando o rifle onde estava, alcançou o grupo diante da porta, tomando para si a arma de um dos soldados caídos.

Johnny usou o coturno para arrebentar a fechadura, enfiando seu chute mais forte na estrutura antiga de ferro. No segundo impacto, a porta cedeu e eles já entraram atirando a qualquer sinal de movimento contra uma saraivada de balas que os recepcionavam de volta.

Penny sentiu uma golfada quente lhe atingir a lateral da cabeça e, nos segundos em que se permitiu desviar o olhar na direção daqueles respingos viscosos, viu o recruta que apenas doze horas antes havia sacrificado o próprio irmão para evitar que se transformasse atingir o chão. O que costumava ser a lateral esquerda da cabeça loira agora era nada, apenas um rombo disforme de um tiro de alto calibre que lhe destruíra as feições, levando-o de encontro ao mesmo final trágico do irmão. Não havia restos o suficiente para se transformar.

A visão daquela cabeça pela metade a encheu ainda mais intensamente de ódio e ela disparou sua pistola automática na direção que originara o tiro sem tirar o dedo do gatilho, esvaziando o primeiro pente e derrubando três soldados no processo.

Deixando que Johnny e Marcela a encobrissem, recarregou a arma e continuou a atirar, de forma mais comedida desta vez, seguindo o conselho de Johnny de economizar munição. A realidade é que a arma lhe parecia alienígena nas mãos. Ela era uma garota de lâminas e nem mesmo o apocalipse mudaria isso.

Marcela foi atingida em seguida, no braço. O ferimento não era mortal, nem de perto, mas era o bastante para inutilizar seu braço e, consequentemente, sua mira. Se continuasse ali, logo se tornaria uma casualidade.

"Má, saia daqui! Volte para o Max!" – Penny gritou para ela, correndo na sua direção e tomando sua arma.

"Eu não vou deixar vocês aqui."

"Se você ficar, vai acabar morta. Não se torne uma distração. Vai, sai daqui!"

Encarando a amiga por uma fração de segundo, entendeu que se tornara um risco a si mesma e a todos os outros e disparou para fora da porta segurando o braço ferido e sentindo o sangue fluir.

Escutaram tiros ecoando secos de uma direção desconhecida. Johnny gritou para os outros, se fazendo escutar em meio ao estouro das armas.

"ELES CHEGARAM!"

Pela quantidade de estampidos que ecoavam, ficou claro que Johnny tinha razão e os soldados haviam descoberto e protegido os túneis.

Viu um segundo recruta deles cair, desta vez com a face intacta, mas o peito completamente aberto, o sangue arterial manchando o que restara da camiseta, formando uma enorme flor vermelha no tecido. Seus números estavam caindo, sim, mas a quantidade de soldados mortos no chão era mais volumosa do que seus companheiros. Sabiam que não sobreviveriam todos e estavam dispostos a encarar isso.

Separaram-se, espalhando-se pelos cômodos em dois grupos, buscando mais inimigos que precisavam ser eliminados e escapando por muito pouco das balas que ainda pipocavam na direção deles.

Johnny estava tentando chegar à escada quando viu Serginho surgir da direção do porão com Alice ao seu lado. Ela mancava, um enorme ferimento de bala na batata da perna direita expurgando sangue de seu sistema, e Serginho a carregava com ele enquanto usava sua única mão livre para tirar de seu caminho qualquer um que tentasse feri-la.

Johnny o puxou para perto de si, utilizando o corrimão curvo de pedra da escadaria como escudo.

"O que aconteceu, Serginho? Estavam esperando por nós nos túneis?"

"Mais ou menos. Na verdade só tinham dois soldados lá embaixo, dentro do porão, em volta do alçapão, mas o túnel mesmo estava infestado de zumbis e era tão escuro lá dentro que a gente mal conseguia ver onde estavam."

"O que aconteceu com você?" – Se direcionou à Alice.

"Eles me reconheceram. Conseguimos derrubar os soldados lá embaixo, mas não sem antes eles gritarem que o General me queria viva, então só tentaram me impedir de correr."

"Os outros estão bem?"

"Estão, sim, apenas ferimentos superficiais. Nenhuma mordida e nenhuma baixa por enquanto."

"Serginho, do outro lado do corredor tem um escritório. Acabei de sair de lá, está vazio. Coloque Alice lá dentro e não deixe que se aproximem dela."

"Pode deixar."

“E não se atreva a morrer, cara.”

“Vou fazer o possível.”

“E se não for o suficiente, faça o impossível. Vai, eu te dou cobertura.”

Serginho correu na direção da porta indicada por Johnny e entrou com Alice enquanto o amigo atraía as atenções dos soldados para si mesmo atirando na direção deles.

Viu Vitor e Diego alcançarem o hall e correram na direção da escadaria enquanto os outros recrutas que os acompanhavam abriam o caminho para eles.

Johnny viu um semblante conhecido no alto da escadaria, mas, antes que tivesse a chance de alertar Vitor e Diego do perigo que aquilo representava, Vinicius já havia tomado Diego, o mais despreparado entre eles, em seus braços e o usava como escudo da mesma forma que fizera com Penny. Foi com Vitor que ele falou primeiro.

“Largue a arma.”

Imediatamente, os dedos de Vitor se abriram, deixando a pistola cair no chão e erguendo os braços.

“Me entreguem a garota.”

Vitor olhou na direção de Johnny. Serginho saiu pela porta do escritório, mas parou diante dela como uma segunda camada de proteção. Foi a voz dele que respondeu.

“Não vamos te entregar nada.”

“Eu vou matar o garoto.”

“Vá em frente!” — Johnny respondeu duro, sem encarar os olhos de Vitor que se arregalaram de pavor na sua direção – "Estamos todos prontos para morrer, mas não vamos te entregar nada."

"Não duvide de mim."

"Não duvido. Você é covarde o bastante pra fazer isso por um cara que nem se deu ao trabalho de comparecer à própria guerra e te mandou para morrer no lugar dele."

"Cale a boca! Você não sabe nada sobre mim!"

"Eu sei que eu sou o responsável por essas merdas de fios saindo da sua cara, e vou fazer isso de novo, não importa quantos de nós você mate antes disso. Quando eu acabar com você, não vai ter nada para costurar. Acredite nisso."

"Chamem o General! AGORA!"

O que restara dos soldados subiu as escadas, passando por eles. Sem inimigos para enfrentar, Penny, Rogério e os outros dois recrutas se aproximaram, postando-se diante da escada e assistindo a cena. Johnny começara a subir os degraus na direção de Vinicius.

"Pare onde está."

"Não."

"Pare ou eu atiro."

"Foda-se."

Vinicius levantou o pé e chutou a bacia de Vitor, jogando-o escada abaixo na direção de Johnny, como se ele fosse apenas um objeto para se tornar um obstáculo. Johnny desviou do corpo de Vitor, que agora se contorcia de dor, caído completamente torto e desarmado.

"PARE ONDE ESTÁ, PORRA!"

Johnny continuou subindo, encarando os olhos de Vinicius, tomado por uma fúria insana. Sabia em seu cerne que Diego já estava morto. Sabia que ele atiraria independente de qualquer coisa.

Vinicius pressionou a arma na têmpora de Diego com mais força, o dedo tremendo no gatilho.

"EU VOU ATIRAR."

Quem respondeu foi o próprio Diego, em uma voz calma, encarando Johnny, que agora parara seu caminho apenas cinco degraus abaixo de seu alvo.

"Não pare, Johnny! Eu não fui feito pra esse mundo! Só faça uma coisa por mim. Mate esse filho da p..."

A frase dele nunca terminou. O dedo trêmulo de Vinicius pressionou o gatilho, arrebentando a cabeça de Diego e deixando o corpo flácido cair no chão. Não havia mais nada entre ele e Johnny. Vinicius girou o corpo, apontando para o peito do cowboy, mas ele já havia dado seu impulso, e já estava em cima de Vinicius em segundos, o punho munido do soco inglês no ar. O primeiro soco acertou a maçã do rosto, que se partiu e se deformou imediatamente. O segundo partiu o osso do nariz.

Enquanto os socos continuavam, sua outra mão pressionava a garganta, deslocando a traqueia de Vinicius e fazendo-o sufocar nas vias respiratórias travadas. Johnny encarava-o nos olhos, destruindo suas feições como podia, extraindo daquele monstro humano todo o sangue que podia antes de apagar o brilho de seus olhos.

Penny escutou o barulho dos soldados se aproximando no andar de cima e começou a atirar assim que os viu, protegendo Johnny, que estava completamente exposto em seu acesso de fúria contra um homem que estava apenas segundos distante da morte inevitável.

Seu pente se esvaziou, assim como o de Rogério. Serginho entendeu que era hora de sair de lá e foi ao escritório resgatar Alice, tirar ela da mira daqueles homens cuja missão era apenas traze-la de volta para o mundo de tortura na qual ela vivera até que ele chegasse. Penny correu escada acima enquanto os recrutas que restavam ainda atiravam de volta na direção dos soldados no alto da escada. Ela puxou Johnny pelo ombro, berrando com ele.

"PARA! ELE JÁ ESTÁ MORTO! VAMOS EMBORA! AGORA!"

Ele se debatia, livrando-se das mãos dela e continuando sua obra de destruição. Rogério ajudava Vitor a se levantar, levando-o para fora, onde Serginho acabara de passar com Alice em seus braços. Correram na direção do iate, onde ele esperava que Marcela estivesse aguardando.

'JOHNNY, CARALHO!" – Penny o puxava de novo, determinada a não desistir dele – "O MAX ESTÁ TE ESPERANDO! VAMOS, PORRA!"

Sob a lembrança de Max, Johnny saiu de seu estupor e se deixou ser puxado, ambos abaixados para fugir das saraivadas de tiros que os recrutas trocavam com os soldados restantes. Passando por ele, Penny gritou em sua direção, correndo ao lado de Johnny de volta para a mata na direção de Max.

"Venham!"

Eles saíram pela porta ainda atirando. Ao alcançarem o lado de fora, puxaram as portas de madeira para ganhar alguns minutos de vantagem e se viraram, correndo no encalço deles. Antes de alcançarem a proteção da mata, já estavam sob a mira de tiros novamente e um dos recrutas foi alvejado na nuca, caindo no chão e sendo deixado para trás, completamente esquecido. Não havia tempo para lamentar mais nada. Precisavam dar o fora dali.

Ao alcançarem a encosta, o bote já não estava mais ali, tendo sido usado por Marcela. Se jogaram na água, o oceano morno um alivio para os corpos ensopados de suor e, com o treinamento recebido, o caminho até o barco fora rápido e indolor.

Dentro do barco, Serginho tentava controlar Alice, que queria voltar de qualquer jeito.

"Eu não posso deixar ele escapar! OLHA O QUE ELE FEZ COMIGO! ESSE FILHO DA PUTA PRECISA MORRER LENTAMENTE."

Serginho, duas vezes o tamanho dela, a abraçou, segurando o corpo ferido que tremia de raiva e indignação.

"Acabou. Acabou. Não tem mais nada que possamos fazer agora."

E assim ele permaneceu, segurando o corpo dela de forma firme, mas carinhosa, até que a tremedeira de ódio se tornasse um soluço choroso.

Johnny subiu a lateral do barco e foi direto para dentro da cabine ao encontro de Max.

Rogério ajudava Marcela a lavar o ferimento do braço. Vitor se deitava, a lateral do corpo que recebera o impacto da bota de Vinicius inchando-se e assumindo uma coloração escurecida.

Penny olhava em volta observando cada um deles em silêncio. Caminhou até Rogério e Marcela, falando com a amiga.

"Você está bem? Consegue nos tirar daqui?"

"Não sei."

Um dos recrutas se ofereceu para pilotar o barco. Aparentemente, passara muitos verões velejando com a família.

"Para onde vamos? De volta à pousada?"

Penny olhou em volta novamente, observando as faces derrotadas de uma guerra sem vencedores.

"Sim, para a pousada. Precisamos nos reagrupar e decidir o que fazer."

O retorno foi feito em apenas uma hora, os sobreviventes reunidos em pequenos grupos, dividindo a pequena multidão de onze guerreiros caídos em duplas e trios exaustos.

Os recrutas das quais eles mal se aproximaram durante o treinamento agora faziam parte do grupo, tendo dividido com eles aquela guerra com gosto de derrota. Márcio pilotava o barco enquanto Sabrina se sentava ao lado dele observando em silêncio. À esquerda dela, Paulo ajudava Alex a tratar um ferimento de bala que recebera de raspão na altura do cotovelo, deixando uma queimadura incômoda que agora queimava pelo contato com o sal do mar.

A chegada à pousada fora deprimente. Era como assistir as ruínas do que acabaram de perder. Alguns acreditavam que podiam continuar ali, mas Penny e Johnny sabiam que, sem munição e com o grupo reduzido, não teriam chance contra um ataque.

"Não vamos perder muito tempo, pessoal. Cada um monte uma mochila com todos os essenciais que puderem e vamos sair daqui." – Johnny orientou antes de deixarem o barco na direção da praia.

"Para onde vamos?" – Marcio perguntou enquanto ancorava o iate.

"Para algum lugar em que a infecção não tenha se espalhado dessa forma e onde pessoas como essas que acabamos de enfrentar não sejam capazes de sobreviver."

"Como assim?" – Rogério não entendeu a segunda parte da constatação.

"Nós passamos por um treinamento pesado nas últimas semanas, capaz de nos ajudar a sobreviver em condições extremas. Se continuarmos nesse ritmo, podemos sobreviver em qualquer lugar."

"E o que significa 'qualquer lugar' exatamente, Johnny?"

"Significa um ambiente hostil. Um ambiente em que nós teremos vantagem sobre qualquer tipo de predador, vivo ou morto."

"Me dá um exemplo de um lugar desses, deixa eu ver se entendi bem o que você quer."

"Não sei ainda, Rogério, minha prioridade é nos tirar daqui antes que eles tenham tempo de se reagrupar."

"A travessia pela mata leva uns dois dias, nós temos tempo o bastante."

"Dois dias à pé, mas eles possuem carro e barcos. Podem chegar aqui em algumas horas. Vamos discutir isso quando estivermos fora do alcance deles, por favor?"

"Que tal o Alasca?" – a voz de Penny finalmente se pronunciou no meio da discussão que começara a esquentar.

"ALASCA?" – Rogério parecia indignado e, pelos olhares que ela recebera, ele não era o único.

"Sim, o Alasca." – Ela não se deixou abater pela rejeição inicial – "Pense bem nisso antes de ter um ataque comigo. O local é pouco povoado, o que significa menos ameaças humanas e, provavelmente, um índice mais baixo de infectados, independentemente do nível de evolução que essas criaturas tenham sofrido. O clima é uma merda, ninguém procuraria abrigo por lá, o que significa uma quantidade maior de recursos ainda disponíveis. Por que não o Alasca?"

"Você acabou de listar o principal motivo, Penny. Como vamos sobreviver aquelas temperaturas?"

"Com o treinamento que estamos recebendo, podemos sobreviver em qualquer lugar. E o Alasca não é desabitado. Tem casas por lá para procurarmos abrigo e casacos de pele para ajudar com o frio. Com certeza não vai ser pior do que o que acabamos de passar por aqui. Deixemos os paraísos tropicais para esses monstros e vamos fazer o que fazemos de melhor: sobreviver."

"Ela tem razão." – Johnny concordou na hora.

"Alguém tem uma sugestão melhor?"

O silêncio foi a única resposta obtida.

"Muito bem, então façam suas malas e vamos dar o fora daqui. Marcela e Marcio, vocês que conhecem melhor essa coisa de navegação, não esqueçam de pegar os mapas que ainda temos, tentem definir uma rota que não nos afaste demais do continente mas mantenha uma distância segura."

Os dois acenaram positivamente e o grupo se dispersou novamente, cada um seguindo em direção ao seu quarto para se preparar para partir.

Pegaram algumas roupas, muita água mineral, comidas frescas e enlatadas. Todos os medicamentos que encontraram. Infelizmente, não havia mais nenhuma munição disponível. Penny ainda se preocupou em pegar a guitarra de Johnny, sabendo muito bem que ela o ajudaria a manter a sanidade, especialmente agora que teriam que controlar um grupo inteiro dentro de um espaço físico reduzido. Não sabiam quanto tempo levariam até chegarem ao Alasca, nem ao menos como fariam isso.

Quando retornaram ao barco, Marcela e Marcio já estavam debruçados sobre os mapas tentando decidir uma rota para o local mais inóspito que poderiam imaginar. Concluíram rapidamente que seria impossível chegar até lá no iate. Teriam de cruzar o continente por terra quando chegassem ao norte, mas isso estava tão longe que não era sequer uma preocupação no momento.

Partiram imediatamente, deixando para trás o que construíram com tanto cuidado durante os meses que passaram ali. A sensação coletiva era de estarem deixando suas casas para trás novamente.

Johnny se sentou à beira do barco, com Max ao seu pé deitado e quieto, sentindo a angústia que emanava de todos os onze sobreviventes. Penny se aproximou dele com a guitarra nas mãos, entregando-a para ele com um sorriso triste.

"Lá vamos nós de novo, hein?"

Ele sorriu triste em resposta, tomando a guitarra nos braços e acariciando o rosto dela.

"Pelo menos ainda estamos aqui."

*** *** ***

O General Carlos Alberto Alencar estava trancado em seus aposentos. Desde o momento em que surgiram os primeiros barulhos de tiros espalhados por diferentes lados do castelo, ele – como autoridade superior dentro do forte – fora colocado no mais seguro dos cômodos, o seu próprio, para garantir que nada o atingisse.

Quando finalmente os tiros cessaram e bateram em sua porta, ele já tinha a certeza de que algo dera errado.

"Vinicius?"

"Não, Senhor, é o Campos. Fui encarregado de passar para o senhor o relato do que acaba de acontecer."

"Onde está Vinicius?"

"Posso entrar, Senhor?"

"Só um instante."

Ele tirou a chave da gaveta da escrivaninha e destrancou a pesada fechadura de ferro.

"Entre."

O soldado entrou encarando o chão, ainda com a arma em mãos."

"Senhor, fomos atacados pelo grupo da milícia antes que terminássemos de preparar nosso próprio ataque."

"Sim, eu imaginei. O que houve?"

"Eles escaparam, Senhor. A maioria deles bateu em retirada há alguns minutos."

"E porque não fomos atrás deles?"

"Senhor, não temos mais soldados o bastante para um ataque. Eles são cerca de dez sobreviventes."

"E nós?"

"Nós somos apenas seis. Sete com o Senhor."

"Envie os mortos. Isso dever| diminuir o número deles enquanto nos preparamos."

"Senhor, eles destruíram os mortos também. Não nos restou nenhum."

"E quanto a Vinicius?'

"Vinicius está morto, Senhor. Foi espancado a morte quando tentou resgatar a garota para o senhor."

"E a garota?"

"Ela partiu com eles, Senhor."

"Então é isso. Acabou tudo para nós. Fomos completamente derrotados. É isso que você veio aqui me dizer?"

"Senhor, eu..."

"Você o quê? Você é apenas parte da meia dúzia de homens covardes que me restou. Você ficou na retaguarda esperando que os outros fizessem o seu trabalho sujo e agora tudo que eu tenho são os homens mais fracos que restaram."

"Senhor..."

"Cale a boca. Me deixe em paz. Tudo que me resta agora é sentar aqui e esperar que eles venham terminar o que começaram."

<u>EPÍLOGO</u>

O clima entre eles estava tenso. Já estavam no mar há quase dez dias e sabiam que chegara a hora de aportar. A água potável se esgotara e não conseguiam pescar uma vez que os arpões tinham sido deixados para trás na pousada. A comida fresca que trouxeram fora consumida rapidamente para evitar que se perdessem e os enlatados estavam quase chegando ao fim. Tudo que restara de munição depois da guerra foram as armas de Alex e Paulo e, somando as duas, tinham um total de três balas para serem utilizadas até conseguirem mais.

O braço de Marcela curara rapidamente, mas a perna de Alice sofrera uma infecção feia que havia consumido praticamente todos os antibióticos que Penny trouxera consigo da pousada, mas ao menos já estava se curando. Corriam o risco desidratados, famintos e doentes se não tomassem uma atitude agora, enquanto ainda estavam preparados. O único problema que os assolava era o fato de estarem desarmados, mas eles haviam treinado para enfrentar uma situação como aquela.

Estavam ancorados, todos eles agora em pé diante da lateral do barco que encarava o continente, observando em silêncio o porto à sua frente. Não tinham escolha. Se não aportassem, estariam mortos em dias. O problema era que, todas as vezes que consideraram a possibilidade, a visão era a mesma. E, desta vez, não era diferente.

Diante deles, uma multidão de mortos os encarava, apenas aguardando silenciosamente que se aproximassem. Não eram como os outros, nem mesmo como aquela versão evoluída que enfrentaram na ilha. Sabiam que estavam por perto e os aguardavam.

A escolha era simples: podiam perecer no barco ou encarar a morte novamente em uma batalha com criaturas que já não compreendiam.

Com a mão já coberta pelo soco inglês que reluzia negro sob a luz do sol, Johnny tocou o cabo da faca na bainha. Penny fazendo o mesmo movimento sem perceber a sintonia.

"Vocês já sabem o que fazer."

www.ingramcontent.com/pod-product-compliance
Lightning Source LLC
Chambersburg PA
CBHW031447160726
47994CB00005B/1907